メディアワークス文庫

今夜、世界からこの恋が消えても

目　次

美しいばかりの、僕にとってなんの意味もないはずの女性が言った。

「貴方《あなた》とお付き合いしてもいいけど、条件が三つあります。

一つ目、放課後になるまではお互い話しかけないこと。

二つ目、連絡のやり取りは出来るだけ簡潔にすること。

最後に三つ目、私のことを本気で好きにならないこと。これが守れますか？」


当時の僕には、いくつも分からないことがあった。

身近なところでは正しい嘘《うそ》の告白の仕方だったり、哲学的なところであれば死であったり、詩的なところでは恋であったりした。

そしてまた一つ、分からないことが増える。自分自身のことだ。

なぜか僕は知らない彼女にこう答えていた。「はい」と。

知らない彼の、知らない彼女

1

僕は自分を驚かせることなく、その生涯を送るものだと信じていた。

自分らしくないとか、自分が信じられないとか、行動した後にそんな感想を持って驚くことなんて、ないと思っていた。

テストの点数や成績などもそうだ。驚くような成果や結果は訪れない。

自分を見損なうこともなければ、見直すこともない。

だけどその日の放課後、僕は自分自身に驚くことになる。

新しい学年になってしばらくした頃から、クラスの男子生徒数名により特定の男子生徒への嫌がらせが始まっていた。

公立の進学校に努力して入学したはいいものの、二年のクラス分けで落ちこぼれ組に回された腹いせだろう。考えは分かるが共感は出来ない。

ターゲットにされているのは僕の前の席の生徒だった。

友達付き合いを拒んでいたわけではないけれど、僕は教室では本を読んでいることが多くて、あまり積極的に人と関わったりはしなかった。

それでも、善良そうな人間が目の前で苦しんでいるのは見ていられなかった。

『お前らさ、そんなことして何になるんだよ』

その日も連中が下らないことを目の前でしていた。僕がそう言うと、教室の時間が一瞬止まる。主犯格の男が振り向くと、ニヤリと笑った。

その瞬間から標的が僕に移った。あぁやっぱりそうなるよな、と冷めた心で思った。

ただ、そこまでは別によかった。

子供じみた嫌がらせも、いわれのない陰口や嘲笑もなんでもない。でもそれを全て無視していたら、つまらないと思ったのか標的が元の生徒に戻ってしまった。

連中は今度は隠れて嫌がらせをやり始めた。お金までたかっていたみたいだ。

それが原因で前の席の生徒は学校を休みがちになる。

いい加減にしろよと、僕は静かに腹を立てながら連中に言う。『じゃあ、お前が一つでも言うことを聞いたらやめてやるよ』と主犯格の男は応えた。

僕はその提案を受け入れた。ある程度の覚悟は決めていた。しかしソイツの命令は『一組の日野真織《ひのまおり》に告白してこい、今日中にな』という中学生みたいな内容だった。

その日の放課後、廊下で彼女を呼び止める。

連中に指定されていた校舎裏に誘い、監視されている中で命令を実行した。

彼女には後で事情を話して謝るつもりだった。

「貴方とお付き合いしてもいいけど、条件が三つあります」

それがまさか、告白が受け入れられるなんて思いもしなかった。

目の前の彼女が指を一本ずつ立てながら、付き合うための条件を提示する。

驚きに言葉を失くしかける。それは隠れて見ている連中も同じだろう。

僕は目の前の人のことをよく知らない。

特進クラスの一組に所属している彼女。日野真織。

日野は多くの男子生徒にとって魅力的に映るらしかった。クラスメイトの何人かが、これまでに彼女のことを話すのは耳にしていた。

改めて彼女を眺める。

美しいばかりで、やはり僕にとってなんの意味もないはずの女性だ。

ここで「いいえ」と答えたら「それじゃ、この話はなかったことで」と彼女はその長い黒髪を翻して目の前から去っていくのだろうか。

そこに何か不都合はあるだろうか。全てが丸く収まるだろうか。


「はい」

自分の声が自分のものじゃないように聞こえた。

その認識に遅れて、そんな答えをなぜ返してしまったのかという疑問を覚える。

自分が、信じられなかった。

僕が真剣に想っていないことは、日野にもバレてしまっているだろう。

それなのに彼女は張り詰めていた表情をふっと緩めると、あろうことか笑顔になった。

「うん。じゃあ、明日から恋人同士ってことにしよう。よろしくね」

そのまま背中を向け、用件は終わったとばかりに去っていこうとする。

かと思えば振り返り、薄く微笑《ほほえ》んだ後に尋ねてきた。どんな気負いもなく自然で、彼女の人となりを表すような笑みだった。

「そういえば名前、なんていうんだっけ。もう一回教えてくれる？」

「あ、あぁ……神谷《かみや》、神谷透《とおる》」

「覚えた。透くんだね。私は日野真織。また明日、放課後に話そう。あ、そうそう、付き合う条件なんだけど、他の人には秘密にしておいてくれると助かるかな。それじゃ」

そう言ってまた微笑むと、今度こそ日野は振り向かないで去っていった。

僕の振られざまを見ようと隠れていた連中が、面白くなさそうに出てくる。

「お前さ。本当、なんなの」

人を笑い者にしようとしていた主犯格の男が、吐き捨てるように言葉をぶつけてきた。

「やれって言われたことを、やっただけなんだけど」

険悪なムードがその場に漂う。

僕を睨《にら》みつけていたソイツは鼻を鳴らすと、腕をぶつけて不機嫌そうに横を通り過ぎていった。グループの人間は何か言いたそうな顔をしていたが、彼の後を追った。

連中を見送った後、僕は日野が去っていった方向へと再び目を向けた。

今までの人生で、クラスメイトの女の子を好きになったことなんてなかった。

僕は一般的に言うシスターコンプレックスというやつで、母のように慕っていた姉が帰ってくるのを待ちながら、父さんと二人、暮らしていくのだと思っていた。

それが自分の人生だと信じていた。

家庭の事情から、大学には進学せずに就職することが決まっていた。

今のクラスに振り分けられたのも、そういった進路希望が関係しているんだろう。

違う人生を歩むからという理由ではないが、高校に入ってからも同学年の女の子を意識したことはない。それは日野真織という先ほどの女の子についてもそうだ。

彼女の後を追って、嘘の告白をした事情を説明した方がいいだろうか。

しかし、はっきりと「はい」と条件を受け入れた手前、今さら言い出しにくくもある。

明日の放課後にまた話そうと日野は言っていた。

ならその時まで、誤解を解くのは待ってもいいのかもしれない。その時になれば少しは考えもまとまっているかもしれない。

そんなことを考えながら、まだ燃え始めていない空を仰ぎ、僕は帰宅の道へと向かう。

それが僕と彼女の出会いだった。

2

朝、目覚めて真っ先にすることは洗濯だ。

僕は公営団地で父親と二人暮らしをしていた。家のことは主に僕が受け持っている。男の洗濯物二人分だ。毎日洗濯する必要はないのかもしれない。

それでも僕は父子二人になってしまってからも、守り続けたいものがあった。いなくなった姉さんがよく言っていた、衛生感を大切にすることだ。

貧乏ではあっても、姉さんは僕と父さんにアイロンの掛かったハンカチを渡し、ほつれやよれのない真っ白な服を与えてくれていた。

表面的な清潔感よりも、生活に根ざした衛生感に気を配らなければならない。

姉さんがよく口にしていた言葉だが、思えばそれは僕ら家族をみすぼらしさから守るために言っていたのかもしれない。

洗濯物を干して朝食とお弁当のおかずを用意していると、父さんが起きて台所続きのリビングに顔を出す。

「おはよう透。お、今日の朝食はなんだ」

「おはよう父さん。ご飯の前に、今日こそヒゲをきちんと剃《そ》ってよ」

一見して、父さんはあまり衛生的ではないように見えてしまう。身の回りのものは衛生的に整えているのだが、無精ヒゲがそれを台無しにしていた。

夜勤はないがその代わりに薄給な、近くの自動車工場のラインマンとして働いていた。

僕が小さい頃に母さんは亡くなっている。母さんが生きていた頃は父さんも父親らしい覇気のある人だった気がするが、今はその影もない。親戚の中では母さんが亡くなったことで、父さんが変わってしまったと嘆いている人も多かった。

その父さんと食卓で手を合わせ、湯気の立つ朝食を食べる。一足先に食べ終えると、用意したおかずを白飯を詰めておいた二人分の弁当箱に盛り付け、食器を片付けた。

通学鞄《かばん》と弁当箱を手にし、父さんに挨拶をして忘れずにハンカチを持って家を出る。

五月の空は高く、青い。

もうすぐにでも終わってしまうが、僕は五月が好きだった。

それは昔、姉さんから五月病を嘘の意味で教わっていたことが関係していると思う。

桜も散り、四月の忙《せわ》しない時期を過ぎると人が落ち着ける季節になる。若葉を眺めたりして時間を過ごせるようになり、少しばかり皆がのんびり屋さんになる。

それが五月病だと、なんとも雅《みやび》な意味で教わった。

姉さんは草木のように物静かな人だった。でも時々、真面目な顔をしてそういう嘘を僕に言った。

昔のことを思い返しながら駅に向かう。途中の公園の茂みに、青々とした緑の葉を見つけた。その美しさに感じ入っていると、心をその場に置いていきたくなる。

五月病。なんとも雅だ。


「その、興味深い話の途中で恐縮なんだけど、さっきから綿矢《わたや》さんこっち見てない？」

二時間目の休み時間。前の席の下川《しもかわ》くんに五月病にまつわる話をしていたら、突然そんなことを言われた。

「廊下見てごらん」と促されて目を向けた先には、美人だけど気難しそうな女性がいた。

日野の友人の綿矢だった。

窺《うかが》うように教室を覗《のぞ》き、そんな彼女を不思議そうにクラスメイトの何人かが見ている。

綿矢と話したことはない。日野と同じく僕とは関わりの薄い存在だ。随分と頭がいいらしく、涼しげな顔が美しいと陰で評判だった。

昨日の放課後、廊下で日野に声をかけた時も綿矢は傍《そば》にいた。

用事があると言って日野を校舎裏に誘った時は、付いてくることはなかったが不可解そうに僕を見ていた。

綿矢に向けていた視線を戻しながら、ポツリとこぼすように僕は言う。

「言ってなかったんだけどさ。昨日の放課後、一組の日野に告白したんだ」

「え？　そ、そうなの？　どういうこと」

同じように綿矢を見ていた下川くんが、驚いた顔になって僕に尋ねてくる。

今日は無事に学校に来ているが、下川くんは昨日学校を休んでいた。

彼に返答する前に、視線をクラス内の主だった男子グループへと向ける。中心人物の
アイツが僕に気付くと、つまらなそうに目をそらした。

今朝、下川くんは連中から嫌がらせを受けていない。約束は果たされているようだ。

廊下へ再び目をやると、今度は綿矢と目が合う。

ショートカットがよく似合う、何を考えているか分からない顔の整った人だ。

何を考えているか分からないという点については、僕に言われたくないだろうけど。

「あの」

綿矢の口が動く。日野と仲のいい彼女のことだ、昨日の話を聞いたのかもしれない。

あまり目立ちたくなかったので、彼女に呼び出される前に席を立つ。

「下川くん、ちょっと待っててもらってもいいかな。すぐに戻るから」

「え？　あ、あぁ。うん」

綿矢に向かって歩きながらも、その横を通り過ぎた。怪訝《けげん》な顔で振り向いた彼女に廊
下の隅を指差すと意志が通じたらしく、黙って付いて来た。

「ごめん。何か用だった」

ひと気のない場所に到着すると振り返り、綿矢に尋ねる。

「神谷、だよね」

さっぱりとした口調で綿矢に名前を確認され、僕は頷《うなず》いた。

「あなたは、綿矢さんだね」

「綿矢でいいよ。そういえば、ほとんど話したことなかったよね。探しちゃった」

そう言うと、綿矢は興味深そうな目で改めて僕を見た。

当たり前のことだけど、現実というのはアクションを起こさないと、なんらかのリアクションは返してくれない。停滞していたものが一度に動き出そうとするのを、なんとも言えない心地で眺めるような気分だった。

「それで、何か用かな」

「あ、うん。日野真織のことなんだけどさ……付き合うって、本当？」

問われて僕は、言葉を空中にさ迷わせてしまう。

そういうことを聞かれるだろう想定はしていたのに、上手く言葉が出てこない。

「まぁ、そんな感じ」

とりあえず首肯すると、綿矢は驚いていた。

「やっぱり本当のことだったんだ。でもなんで急に？　真織と面識なかったよね」

「人の心ってのは、見えないからさ」

「つまりは、一目惚《ひとめぼ》れってこと？」

「あぁ、うん。まぁそんな感じかな」

曖昧な表現で応じると、綿矢は考え込むような顔になった。

「いきなりこんなこと言うの、印象悪いだろうけどさ」

「え、なに？」

「その……真織のこと、本気じゃなくてノリとか遊びとか、そういうので告白して付き合うことになってるんだったら、やめてあげてくれないかな」

意表を突かれた思いで綿矢を見る。既に何かしらの情報を摑《つか》んでいるのだろうか。

だが日野への告白はクラス内の特定の男子しか知らず、イジメに類したことが絡んでいる問題でもある。ＳＮＳで騒がれたり拡散されたりすることはないだろうと思えた。

「どうしてそんな風に思うの？」

疑問を保留して尋ねると、綿矢はわずかに眉を下げた。

「う〜ん、そうだな。私、冷たそうとか素っ気なさそうとか、そういう風によく人に言われるし、実際にそうなんだと思う。だけどね、真織のことは大切なんだ。出来るだけあの娘《こ》に辛《つら》い思いをしてほしくないの。告白されたって聞いてつい探しにきちゃったけど、なんだか神谷、あまり真織のこと好きじゃなさそうだし」

痛いところを突かれ、返答に窮してしまう。どうにか言葉を返した。

「そんなのって、分かるのかな」

「分かるよ。神谷、私と似てるよね。冷めた話し方するし。普通さ、一目惚れの娘のことを聞かれたら、もっと色んなものが顔に出るんじゃないのかな？　それが今の神谷、恥ずかしがってるんでもなくて、どうしよう面倒だな、みたいなものしか出てないから」

思わず綿矢を見つめる。今も何かしらのものが顔に出てしまっているんだろうか。

嘘でしてしまった告白のことを、ここで彼女に伝えた方がいいだろうか。

『最後に三つ目、私のことを本気で好きにならないこと』

だけど日野も、僕が本気でないことや事情があることはすぐに見抜いていたんだろう。だからこそ告白に応じ、条件などについては綿矢に伝えていないのかもしれない。

「とにかく、今日の放課後に日野と話すから。話はまたでもいいかな」

はぐらかすように言うと、綿矢が僕を見据えた。

表情を変えない彼女が何を考えているのか窺い知ることは出来ない。

その綿矢の目が一瞬、揺れる。

「ごめん。一応、自覚はあるんだけどさ。会っていきなりこんなこと言って、私、変な人だね。うん、神谷、悪い人じゃなさそうだし、真織のこと傷付けたりしないよね。ほんとごめん、会って少し話してみたかったっていう思いもあってさ」

　僕は下手な作り笑いを浮かべる。

「あ、あぁ。そっか。それじゃ、もう目的は果たしたってことになるのかな」

「まぁ大体はね。あ、そうだ。何か真織のことで困ったりしたことがあったら、遠慮なく相談してよ。連絡先の交換くらい、いいでしょ？」

　僕がガラケーという都合もあり、メールアドレスなどを交換すると綿矢は去っていった。

　今すぐにでも日野と話したくなったが、一つ目の条件である「放課後になるまでお互い話しかけないこと」を思い出し、教室に戻った。

　自分の椅子に腰かけると、前の席の下川くんが興味深そうに尋ねてくる。

「神谷くん、綿矢さんと何か用だったの」

「いや、なんだろう。そうだったような、そうじゃなかったような」

　僕が煮え切らない様子でいると、下川くんは俯《うつむ》いた。

「ひょっとしてボク、また神谷くんに迷惑かけちゃったかな」

「そんなことないよ。どうしたの？」

「だって……今日は彼らから何もされてないし。昨日一日休んでる間に、神谷くんの周りが色々と変わってるから。日野さんに告白したって言ってたけど、ひょっとして、ボクのために何か押し付けられたのかなって思ってさ」

切々と告げる口調から、下川くんの純真さが伝わってくるようだった。

下川くんは少しだけ肥満体でからかわれたりもするが、心根の美しい人間だ。

しかし心というのは目に見えない。心ない人間に下川くんは時に馬鹿にされ、鬱憤《うっぷん》のはけ口にされていた。嫌がらせの件もそうだ。

嫌がらせをしていた連中に抗議してからは、標的が僕に移った。

周囲の人間は僕に話しかけることはなくなったが、心配してか下川くんは頻繁に話しかけてくれるようになった。

周りから人がいなくなることも、子供じみた嫌がらせをされることもなんともない。

それでよかったはずなのに、連中の攻撃をことごとく無視したりかわしていたら、標的が下川くんに戻ってしまった。しかも今度は連中はより陰湿に、隠れて嫌がらせをやるようになっていた。気付くのが遅れたが、お金まで巻き上げ始めていたようだ。

下川くんが休んでいる間にそのことで喧嘩《けんか》になりかけた際、嫌がらせの主犯格であるアイツが提案してきた。結果、僕は日野に告白することになった。

日野には悪いと思っていたが、犬にでも噛《か》まれたと思って適当にあしらってもらい、後日、誠心誠意謝りにいくつもりだった。

それが僕の返事も相まって、おかしな展開になっていた。

僕は他言無用の約束を下川くんと交わすと、付き合う条件を除いて、昨日あったことを話した。

最初、下川くんは唇を結んで話を聞いていた。それがある時から表情が不可思議そうなものに変わり、最終的には驚いていた。

「そんなことがあったんだ」

「うん。まぁそんな具合だから、日野と放課後にとりあえず話してみようと思ってる」

「そっか、ありがとね。ボク、また神谷くんに助けられてたんだな。あ、でも……」

言葉を留《とど》めた下川くんは、何か気がかりを覚えているような顔となる。

「どうしたの？」

「いや、その……彼らがそれで諦めるような連中かなって、少し思っちゃって。ボクは転校していなくなるけど、そのあと、神谷くんがまた嫌がらせされたりしないかな」

嫌がらせが原因じゃないと願いたいが、下川くんは親の都合もあって、中国の学校への急な転校が決まっていた。

中国は日本に比べて夏休みが早く、六月の中旬から始まる地域もあるらしい。

それに合わせて向こうに渡り、諸般の手続きを済ませるのだという。

「まぁその時はその時だよ。考え込まなくたっていいからさ。それよりも転校まであと二週間だし、のんびり楽しく学校を過ごそうよ」

僕がそう応じると、下川くんはまだ何かを考え込んでいたものの、しばらくして「うん」と頷いた。それから彼は、学校で久しぶりに笑った。

その日は結局、あの連中から何かをされることもなく放課後まで平和に過ごした。

しかし、放課後には日野との約束が控えている。

どこで話すかについては指定されていなかった。迷いはしたが、告白した際に自分のクラスは教えていたので、とりあえず教室で待つことにした。

帰りのホームルームが終わり、下川くんと別れの挨拶を交わす。

学校の最寄駅までだが、僕はいつも彼と下校していた。二人とも帰宅部だ。

下川くんを一人で帰宅させると、またあの連中からお金をせびられたりしないか不安だったが、今日は彼の母親が転校の手続きにくるらしい。

母親と合流して担任に挨拶した後、下川くんは車で帰宅するという話だった。

窓際の席から教室内を見渡せば、あの連中も教室からいなくなっている。

僕は鞄から雑誌を取り出すと、自分の机で時間を潰すことにした。

教室から人がいなくなるにつれ、吹奏楽部が楽器を鳴らす音や、運動系の部活動が準備運動をする声が遠くから聞こえ始めてくる。

その孤独と連帯の合いの子のような空気感は、嫌いじゃなかった。四角く切り取られた青い空は、寂寥《せきりょう》じみた音楽に似たものを無人の教室へと運んでくる。

どれだけそうやって過ごした頃だろう。廊下から聞こえていた他のクラスの音が完全にやんだ。開け放たれたドアを通じて、僕の感覚は廊下まで伸びる。

誰かの足音が聞こえてきた。

急ぐでもなく、かといって時間を持て余しているでもなく。わずかな緊張とともに真《ま》っ直《す》ぐ目的の場所へと向かっているような、そんな足音だ。

その足音がやむ。廊下に視線を向けると、そこに彼女がいた。

一瞬だけ彼女は何かに驚いたように眉を上げるも、やがてあどけない笑みを浮かべる。

「私の彼氏くん、みっけ。神谷透くんだよね？」

僕が昨日の放課後に告白した、日野真織その人だった。

「あ、あぁ」

名前を確認されなんとか頷く。そんな僕を日野は、どこか興味深そうに見ていた。

それにしても随分と気軽に声をかけてきたものだ。こっちは構えてしまっていたというのに。そんな感想を抱いている間にも、日野は歩を進めて教室に入ってくる。

「おじゃましま～す」

迷いのない足取りで近づき、前の席に横向きで腰かけた。長い黒髪が目の前で揺れる。

続いて椅子の向きを変え、僕と向き合う形で日野が座り直した。

目が合うと楽しそうに微笑んでくる。

「神谷くんって、部活とか入ってないの？」

「え？　あ、まぁそうだけど。日野は？」

言葉を探していたら、日野の方から話を振ってきた。

日野は机に肘を置くと、小さな顎を手の平に乗せる。

昼は笑みの形に結ばれていた。そんな風に楽しげに頬杖《ほおづえ》を突く人を初めて見た。

「私も入ってないよ。帰宅部ってやつだね。だけどよかったぁ。部活のこととか聞いてなかったし、サボらせちゃったかなって心配してたんだ」

僕の日常の風景には、笑みが浮かぶことは少なかった。

学校と家とスーパーを往復するばかりの毎日だ。父さんも僕もあまり笑わない。

僕らとは違い、豊かな表情を持つ日野が頬杖を外す。

「あと、放課後に話そうって言っておいて、集合場所も決めてなくてごめんね。教室にいてくれて安心したよ。それで、これから付き合うにあたって色々と聞きたいんだけど」

「うん。その話……なんだけどさ」

僕は言葉に詰まり、視線を逃がす。視界の端で日野がわずかに顔を強張《こわば》らせた。

「あ、やっぱり嫌になっちゃったかな？　私、変な条件とかつけちゃってたし。それならそれで仕方ないか。残念無念。ごめんね、変なことに付き合わせちゃって」

「いや、そうじゃないんだ。そうじゃないんだけどさ」

僕は今でも迷っていた。事情を話して、僕の告白をなかったことにすべきかどうか。

「その、二時間目の休み時間、綿矢が来たよ」

内心の葛藤《かっとう》を誤魔化すように言うと、日野は「うん、聞いてる」と応じた。

「廊下で声をかけられた時も一緒にいたし、昨日のことを泉《いずみ》ちゃんには話してあるんだ。それで、なんだか興味持ったみたいで。って……その、ごめんなさい。泉ちゃんだけなんだけど、そうやって話されちゃうの嫌だよね」

声のトーンが落ち、日野は申し訳なさそうな顔になる。

そんな顔にするのが目的ではなく、少し慌ててしまう。

「いや、大丈夫。友達に話すのは普通だと思うし。仲、いいんだな」

「あ、うん。泉ちゃんって、あぁ見えて結構変わってるんだ。妙に落ち着いてるかと思えば急に変なこと言うし。そういうとこ面白いなって思って。それにすごくいい人だから、ついなんでも相談しちゃうんだ」

先ほども日野は口にしていたが、綿矢の名前は泉というのか。

そんな発見を真新しく思いながら、言葉を返した。

「そういうのはなんとなくだけど伝わったよ。それで、昨日の告白なんだけど。実は……」

覚悟を決めた僕は、それから昨日の告白にまつわる話をした。気分を害してしまうかと思ったが日野は特に驚くでもなく、最後には楽しそうに笑っていた。

「なんだ、そうだったんだ。罰ゲームか何かとは思ったけど、クラスで苛《いじ》められてる人を守るためにやったんだ。格好良いじゃん」

「別に、そんな大したことじゃないよ。ただ、僕みたいなのと友達になってくれるような、いい人だからさ。嫌な思いをして、俯いたりしてほしくなかったんだ。もう少しでその友達、転校しちゃうし」

「そっか。転校か。それは残念だね」

「うん。それで……咄嗟《とっさ》に〝はい〟って、答えちゃったけど。なんて言うのかな。僕も、どうしてそう答えたのか分からなくてさ」

言葉を選んでいると、日野が僕をじっと見つめているのに気付いた。

「透くんは、私と付き合うのは嫌？」

父親以外から自分のことを名前で呼ばれるのは久しぶりだった。

不思議と呼ばれただけで、自分の名前が輝かしいものに感じられてしまう。

「嫌……じゃない、かもな」

「もう、何それ」

曖昧に応じた僕に、日野が楽しそうに笑いかける。

僕は笑おうとして失敗したような表情を作りながらも、言葉を探し続けた。

「失礼かもしれないけど、ちょっと面白いかも……とは思ってる。三つの条件、だっけ。結局、世間一般で言う恋人として付き合うわけじゃないんだろ？　擬似恋人っていうのかな。好きにならないのが条件なんだし、日野が嫌じゃないなら、いいかもな」

まとまった考えをようやく告げた時には、日野は僕の机に再び頬杖を突いていた。

やはり楽しそうに口角を上げている。

「じゃ、いいんじゃない？　あ、でも泉ちゃんが心配するから表向きは擬似恋人じゃなくて、ちゃんと付き合ってることにしよう。泉ちゃんにもあの条件は伝えてなくてさ」

僕たちはそうやってその日、おかしな取り決めを交わした。

条件付きの恋人として、付き合うことになった。

3

「ただいま〜。おぉ、美味しそうな匂いだな」

夕方、自宅の台所でカレーを煮込んでいると扉が開く音がした。しばらくして父さんが台所に顔を出す。

「水曜日恒例のカレーだけどね。あぁ、そういえば父さん。恋人が出来たから一応報告しておくよ」

「は……？」

僕の律儀な報告に、父さんは目を丸くしていた。姉さんの提案により、重要なことは家族の間で報告し合うことが一応の決まりとなっていた。

「恋人って……恋人？　お、女の子ってことだよな」

「同性愛は否定しないけど、女の子だよ」

「いや、違う。違わないけど。ほら、いきなりだったからさ」

そう言うと父さんは、仕事着のまま食卓椅子に腰かけた。

まずは洗濯機に仕事着を入れてくれと、何回言ってもその癖は直らない。しかし家計を支えてくれているのは父さんでもあり、あまり強く言えない。

僕がそんな心境で目を向けていると、父さんが感慨深げに呟《つぶや》く。

「そうか、透もそういう時期か」

「とは言っても、別に何か変わるわけじゃないけど。一応、報告だけ」

付き合う取り決めを交わした後、僕と日野は放課後の教室で色んな話をした。

「それじゃ早速だけど、透くんのことを聞いてもいい？」

問われた僕は頷く。すると日野はメモ帳代わりにスマホを取り出し、本当に色々と尋ねてきた。

「まず誕生日は？」

「二月二十五日」

「おっけ〜、二月二十五日っと。あれ？　っていうかルノワールと同じ誕生日なんだ」

「いや、知らないけど。そうだったんだ」

「そうなんです。家族構成を聞いても？」

「父親と二人暮らし」

「なるほど」

「なんでちょっと納得した顔なんだ」

「透くん、年の割にしっかりして見えるからさ」

「しっかりっていうか、どうなんだろう。中三の頃、輪ゴムを手首にはめたまま登校したことがあって、それからしばらくあだ名がオカンだった」

「おっ、そういうのいいね。中三の頃、あだ名はオカンだったと」

「それ、メモするの？」

「しますね。血液型は？」

「AB型」

「あ〜〜、っぽい」

「なんだよ、ぽいって。そういう日野は？」

「……ABです」

「あぁ、っぽいな」

「おっ、なんか蔑《さげす》まれたぞ」

「別に蔑んでないよ。ほら、他にも質問は？」

「尊敬する人とかは？」

「……西川景子《にしかわけいこ》」

「失礼だけど、どちら様？」

「マニアックな純文学作家」

「その人のどんなところが好きなの」

「衛生感があるところ」

「衛生感？　清潔感じゃなくて？」

「清潔感は装えるけど、衛生感は装うことが出来ないものだと思ってる」

「透くん、やっぱり面白いね」

　それからも日野は様々なことを僕に聞いてきた。趣味、好きな芸能人、映画、場所、犬派か猫派か、休日は何をしているか、好きな食べ物、などなど。

　時には僕が聞き返すと、ほとんどのことに日野は応じてくれる。彼女は犬派で公園が好きらしく、甘いものに目がないという話だ。普通の女の子という感じがする。

夕日が顔を出す時間になると、何を思ったのか日野はこんなことを提案してきた。

「それじゃ、恋人っぽいことをしてみよう」

日野の言う恋人っぽいことというのは、スマホで二人の写真を撮ることだった。オレンジ色が背景となっている教室で撮影したそれは、日野が楽しげにピースサインをし、僕は恥ずかしさもあってかなり変な顔をしているという、笑えるものだった。僕がガラケーであることを伝え、連絡先を交換する。その写真を日野から送ってもらった。待ち受け画面に登録しようかと持ちかけられたが、さすがにそれは断る。

お互い電車通学ということもあり、駅まで一緒に歩いて帰った。

日野は楽しそうに自分の影を追う。

学校近くの駅からそれぞれの最寄り駅までは、同じ方向に僕が三駅で、日野は四駅の距離にあることが分かった。今後は出来る限り一緒に下校しようという話になった。

電車に乗っているのは十分に満たない時間だったが、並んで座席に腰かけてお喋《しゃべ》りをするのは、なんとも言えないむず痒《がゆ》さがあった。

父さんにそこまで詳細な話はしなかったが、恋人のことを夕飯を食べながら簡単に伝えた。日野に秘密にするよう言われていたので、擬似恋人という事情は伏せてある。

空になったカレーライスの皿を前に、父さんは目をつむる。「か〜〜っ」とよく分からない感嘆を吐いた。かと思えば突然、リビングの隣にある自分の部屋に向かった。

我が家は広いとは言えない。そんな我が家で頑張ってこしらえた簡素な仏壇の前に父さんが座り、故人である母さんに向かって何かを報告し始める。

「透にも、彼女が出来ました。全く女の子の話もしないし、心配してたけどよかった」

「頼むから、変なことを母さんに相談したり報告するの、やめてくれないかな」

「変なことじゃない。透に彼女が出来たのは、母さんに報告すべき吉報じゃないか。それにきっと早苗《さなえ》がいたら、なんだ……その、」

自ら口走ったことなのに、姉さんの話になると途端に父さんは及び腰になる。

負い目があってのことだと思う。口には出さないが、自分が不甲斐《ふがい》ないせいで娘はいなくなってしまったんじゃないかと思っている節が、父さんにはあった。

「馬鹿なこと言ってないで、たまには夕飯の片付け手伝ってよ」

「あ、あぁ、そうだな。よし、いこう」

夕食後は各自で過ごす。

食器の片づけを済ませ、洗濯物をたたんだり制服やハンカチにアイロンを掛けたりしていると、父さんが風呂から出てきた。湯が冷めないうちに僕も入ることにする。

姉さんはけっして、父さんに嫌気が差していなくなったわけではない。なんでも話す我が家で、姉さんは父さんにだけ話していないことがあった。それが関係している。髪と体を洗った後、足こそ伸ばせないが、僕にとっては慣れた安心できる我が家の浴《よく》槽《そう》で力を抜く。

今日は色んなことがあった。明日も、ひょっとしてそうなんだろうか。

自分をびっくりさせることなんて、僕の人生では起こらないと思っていた。

それなのに昨日のあの時、僕は日野の提案に「はい」と答えていた。

驚いた。僕にそんなことが出来るなんて。自分で自分を驚かせることが出来るなんて。

恋人と付き合い始めたことを姉さんに報告したら、どんな反応をするだろうか。

その考えに苦笑し、しばらくしてから浴槽を出る。脱衣所で髪と体をしっかり拭いてトランクスをはいた。ふと、鏡に映る人物を眺める。

少しやせ過ぎな、神経質そうな自分がそこにはいた。

4

恋人が出来たからといって、僕の日常が劇的に変わるわけじゃない。

翌日もいつも通りに学校へと向かった。

気付くと電車の中で、通学路で、昇降口で、日野や綿矢を探している自分がいた。

新鮮な気持ちだった。自分の生活に、新しく誰かが入ってくるということ。

教室では下川くんと話す。次の週末に彼は引っ越してしまう。短い付き合いとはいえ、日野たちとは反対に自分の生活から人がいなくなることは寂しくもあった。

それは、慣れた感慨でもあったはずなのに。

「ねぇ、ちょっと聞いてもらってもいいかな」

そんな下川くんはいつも何かしらの問題や話題を抱えていて、それを僕に話してくる。今日の悩みは平和なもので、自分の贅肉《ぜいにく》に関することだった。

「やっぱり、もう少しやせた方がいいのかなぁ」

ちなみにこの話題は三度目となる。僕はいつもの調子で否定した。

「いや、よく考えてみてよ下川くん。下々の人間は贅肉なんてつけられないんだよ」

「でもさ、アメリカだと太ってる人は、自己管理が出来てないって思われるらしいよ」

「アメリカ人が考える肥満と日本人が考える肥満は、随分と違うらしいけどね。彼らからしたら下川くんなんて太ってるうちに入らないと思うけどな」

僕が説くと、下川くんは自分のお腹を見つめた。

「下川くんがやせたいなら応援するけど、無理しなくてもいいんじゃない」

「う〜ん」

「それにさ、少しくらい太ってないとサマにならない台詞《せりふ》もあるよ」

「ステーキ一キロなんて、君への想いでたやすく消化しちまう。お代わりだ」

「例えば？」

「ワイルドだ」

「君が太ってる？　どこが？　俺からすれば君はスリムなレィディさ」

「ワイルドでいて紳士だ」

「揺《ゆ》り籠《かご》から墓場までとは言わないが、頂きますからご馳《ち》走様《そうさま》まで、食べ残しのない人生を君に誓おう」

「わけが分からないけど格好良い。そうか、ワイルドなぽっちゃりになればいいんだ」

これは断じて下川くんで遊んでいるのではない。彼は考え過ぎる傾向にあり、それで落ち込んだりする。それを防ぐため、なるべくポジティブな言葉を投げかけているのだ。

それからしばらく下川くんは、少しだけ顔付きがダンディになった。

太っているからこそ言える口説き文句を探し、でも自分が女子と交流がないことに気付くと、昼休みの時間には栄養満点のお弁当を前に空を仰いでいた。

「神谷くん、君から学ぶことは多いけど、結局人は行動しなくちゃだめってことだね」

「え？　どうしたの急に？」

弁当箱を開ける手を止め、僕は尋ねる。今朝のことで何か彼を傷付けてしまっただろうか。心配だったが、下川くんは穏やかな表情をしていた。

「ううん。もうすぐ転校しちゃうから分かることって、結構あるよね。君はいつも、僕を励ますような言葉を投げかけてくれてた。だけどそれって、実はすごく恵まれてたことなんだ。自分から行動して、頑張って女の子とも仲良くなってみたらよかったよ」

悔いを残す発言をしながらも、どこかサッパリとした口調で下川くんは言う。

そんな彼を前に、僕は頬を緩めた。

「転校先では、女の子とたくさん仲良くなったらいいよ。新しい環境は、自分を新しくするチャンスでもあるからさ」

「そうなったら、神谷くんにも紹介するよ。あぁでも、日野さんに怒られちゃうかな」

下川くんは、僕と日野が擬似恋人であることを知らない。

楽しそうに言う下川くんに、僕は曖昧に微笑んでおいた。

放課後になると昨日に引き続き、僕は教室で日野を待つことにした。

下川くんは「それじゃ、また明日」と手を上げて僕に挨拶すると、教室を出て行った。

その動作があまりに自然だったので「また明日」と普通に応じてしまった。

雑誌をめくっている最中にふと気付く。

下川くんは今日、一人だ。開いていた雑誌を閉じる。

彼が嫌がらせを受けていないか心配になり、走って下駄箱《げたばこ》へ向かう。靴入れを確認すると、下川くんの上履きはあったが、靴は残っていなかった。

どうやら、校舎内でトイレなどに連れ込まれてはいないようだ。

それでも気になって靴に履き替え、昇降口を出る。すると校門に向かってのんびり歩いている下川くんの後ろ姿が見えた。

ほっと息を吐《つ》く。誰かに肩を組まれて、どこかに連れていかれる様子もない。

そうやって昇降口の前で佇《たたず》んでいると、背後から誰かが声をかけてきた。

「なにダッシュしてんだよ」

声だけで、それが誰かということは分かった。

振り返ると例のアイツがいた。下川くんに嫌がらせをしていたグループの主犯格の男だ。僕に日野へと告白させた男でもある。

「そんなに心配かよ、あのデブが」

「友達だから当たり前だろ」

苛立《いらだ》った口調で返すと、ソイツは小馬鹿にしたように笑う。

「友達、ね」

それから僕を見据えると、今日の昼休みに担任と生徒指導の先生から、下川くんのことについて注意を受けたと告げた。それは、僕が知らない話だった。

「下川のやつ、俺たちが金をせびってたところを録音してやがったんだ」

「録音……？　下川くんが？」

「そ、二回目か三回目の時のやつかな」

他人事《ひとごと》のように言うソイツの口調は、どこか諦めに乾いていた。

「まさか度胸も行動力もない下川が告げ口するなんて、考えてもなかった。笑えるぜ。生徒指導の野郎が今になって話した理由を下川に聞いたら、なんて答えたと思う？　自分のことはいいけど、自分がいなくなった後、万が一にでも俺たちがお前や他の誰かから金をせびろうとしないか心配になって、思い切って話した……だとさ」

それからソイツが話すところによると、下川くんは昨日、母親が転校の手続きで学校に来て一緒に挨拶した後、一人残って担任と生徒指導の先生に話したらしい。

驚きに言葉が上手く出てこない。下川くんが、そこまで考えていてくれたなんて。

「あんなことしてたら、いつかこうなるのは当たり前だろ？　どうしてだよ。なんであんなことしてたんだよ。お前だって、努力してこの学校に入ったんだろ」

僕の問いかけに、目の前のソイツは笑った。

どこか、悲しげだった。

「なんでだろうな……わかんね。勉強も少しは自信あったのに、いつからサボることになんとも思わなくなったんだろうな。友達だと思ってた連中も、俺に命令されたって急に手のひら返してさ。金も絡んでるし、下川のオヤジたちが出てきて警察沙汰にされる前に謝れって言われたよ。下川はいらないって言ったらしいけど、金も返せってな」
ソイツは僕の前でまた笑うと、「あ～あ」と呟く。
「どうして俺の人生、こんなにつまらなくなっちまったかね。なぁ、神谷」
なんと応じればいいか分からず、僕はじっと目の前の男を見た。
ソイツはふっと笑みをこぼすと、校門に向けて歩いていった。
下川くんの後を追うのだろうか。自棄《やけ》になって暴力を振るわないだろうか。
そんなことを考えながらも、アイツはそこまで馬鹿じゃないと思い直す。
もともとは努力して、希望を持ってこの学校に入ってきたはずの人間だ。
今は少し、生き方を間違えてしまっているだけで……。
教室に戻ると誰もいなくなっていた。当たり前だけど、下川くんもいない。
席に着き、使うことが滅多にない携帯電話を鞄から取り出す。下川くんに電話しよう
かと思ったが、通話ボタンを押す寸前のところでやめた。
下川くんも考えがあってのことだ。彼から切り出すまで、知らないフリをした方がい
いだろう。
雑誌を開いてぼんやり読んでいると、昨日と同じ唐突さで日野が現れる。
「あっ、いたいた、私の彼氏くん」
そのまだ見慣れない顔に、少し救われている自分がいた。自分に会いにきてくれる女

の子がいるというのは、なんだか不思議な気持ちだ。

「それって、僕はなんて返せばいいのかな」

苦笑しながら尋ねると、日野はちょっと考え込んだ。

「やぁマイハニー、とか？」

「海外の映画でも、最近はあまり聞かない気がするな」

「ふむふむ、彼氏くんはマイハニーはお好みではないと」

「それ、メモするんだ」

スマホで日野がメモを取っていると、その後ろから呆《あき》れたような声が発せられた。

「まったく、あんたたち、こんなポワッポワした会話をしてるんだ」

綿矢が顔を出し、砂糖菓子で胸焼けしたような表情で僕らを見ている。何度か目にしたことのある日野と綿矢揃《そろ》っての姿だが、こうして三人で話すのは初めてのことになる。

「今日は綿矢も一緒なんだな」

「まぁね。ちょっと二人のことが気になってさ」

そう綿矢は応じると教室の敷居《しきい》をまたぎ、僕の机へと向かって来る。

そのあとに続いた日野が、また僕をマジマジと見つめていた。

「どうしたんだ？」

「え？　あぁ、うん。ぜんぜん。なんでもない。あはははは」

「そんなことよりさ、美女が二人も来てるんだよ。神谷はもうちょっと嬉《うれ》しそうな顔したらどうなの？」

昨日も話して分かったが、少しとっつきにくいところはあるものの綿矢は飾らない性格の持ち主らしい。

「美人は三日で慣れるっていう言葉、綿矢は知らないのか」

そんな綿矢に軽口で応じる。その返答は想定していなかったのか、綿矢は「へ〜」と感心したような声を出すと楽しそうに口角を上げた。

「それを言うなら飽きるでしょ？　そもそも会話するようになってからまだ三日も経ってないし。真織とだって、昨日初めてちゃんと話したんじゃない？」

綿矢に話題を振られ、それに日野が明るく応じる。

「そうなのです。昨日はお互いのこととか話したよ」

「ほぉ、例えばどんなこと？」

それから日野は僕が片親であることに気を遣ってか、家族構成を除いた僕に関することを綿矢に伝えた。その話の中で、綿矢もAB型だということが分かった。

「あ〜あ、変な三人が集まっちゃった感じだね」

綿矢がどこか楽しげに言う。

「でも泉ちゃん、三人寄れば文殊《もんじゅ》の知恵って言うじゃない」

「この三人じゃ文殊菩薩《ぼさつ》のいい迷惑だって。菩薩様が苦笑いしてる顔が見えるわ」

テンポよく言葉を交わす姿から、二人の仲のよさが垣間見《かいまみ》えた。

日野はなんでも楽しそうに話し、綿矢はクールに返す。

「あと、透くんは西川景子さんっていう作家が好きなんだって」

その綿矢の顔が、「は？」と驚きの色に染まった。

「西川景子？　またマニアックな。というかさっきから気になってたんだけど、その雑誌って文芸界だよね。なに、神谷って文学少年なの」

そして僕が開いていた雑誌について言及を始める。

文芸界は日本を代表する純文学雑誌の一つで、例えば有名な芥河賞《あくたがわしょう》は、ここに掲載された新人の作品が選考対象ともなっている。

僕が好きだと答えた西川景子もこの雑誌で作品を掲載しているが、まさか彼女のことや雑誌を知っている同級生がいるなんて思わなかった。

「いや、別に……文学少年ってわけじゃないけど。というか、綿矢もどうして西川景子のこととか、この雑誌のこと知ってるんだ」

定額のお小遣いを受け取らないようにしている僕にとって、月々の家計を上手くこなし、浮いたお金で雑誌や本を買うことは楽しみになっていた。

もっとも、この雑誌は父さんも読むので折半で購入しているのだが。

その雑誌を掲げて尋ねると、しれっとした顔で綿矢は応じる。

「あぁ、私、純文学が大好物だから。フランス映画とか日本映画、最近だとロシア映画も好き。あぁいう大多数にはどうでもいい、至極個人的で、じめじめしてるやつ」

同年代にそんな人間がいるとは考えもせず、改めて驚いてしまう。

一方、視界の端では日野がまたスマホでメモを取ろうとしていた。

「日野、文学少年って僕のこと書くなよ」

「違うの？　分かった。文学少年と呼ばれることが嫌いな文学少年、って書いておくよ」

「なんか、こじらせてる奴《やつ》っぽいな、僕」

今日はその三人で放課後を過ごすことが決まり、場所を移すためにひとまず学校を離れた。駅に向かう途中、本や作家のことについて僕と綿矢が並んで話していると、後ろからパシャリという音が響く。思わず振り返った。

「日野、なんで撮ってるんだ」

日野がスマホで僕と綿矢の後ろ姿を撮影していた。追及すると悪戯《いたずら》がばれた小学生みたいな顔を見せる。

「神谷、無粋なこと言わないの。恋人の写真を撮ることに意味なんてないでしょ」

そうやって言う綿矢は、僕と日野が擬似恋人の関係であることを知らない。

「まぁそうかもしれないけどさ。慣れないっていうか」

「三日で慣れろ」

「無茶言うなよ。美人の二人と話すのも、まだ慣れてないっていうのにさ」

それから綿矢と「さっきは慣れたって言ったくせに」「いやまだ三日経ってない」などと教室での話を蒸し返すようにしていると、「じゃあさ」と日野が提案する。

「ここは慣れるためにも親睦を深めよう。どこかで三人でお茶でもしない？」

「え、お茶？　まぁいいけど」

話はそのあと、どこへ行くかに移った。しかし二人が提案するファミレスや喫茶店は僕には少しキツかった。あまり手持ちのお金に余裕がないのである。

「いいってば。私が無理やり付いてきて二人だけの時間を奪ってるんだし、それくらい奢《おご》るって。禁止だけどバイトもしてるから余裕あるしね」

「いや、だけどな綿矢、そういうのはあんまりよくないっていうかさ」

「いいからいいから」

綿矢と押し問答をしていると、考え込んでいた日野が声を上げる。

「あっ、いいこと思いついたかも。まだ時間も早いことだし」

僕と綿矢は揃って顔を向け、それから日野は思ってもみないことを口に出す。

「いっそのこと透くんの家っていうのは？　それならお金もかからないでしょ」

「は……？」

間抜けな声が漏れたのは、当然ながら僕の口からであった。

5

「おっじゃましま〜す」

結局、二人きりでなければいいかと納得をつけ、我が家に来てもらうことになった。

その我が家だが、どこにも誇るところがないありふれた団地の一室だ。

「わぁ、透くんの家、すごく綺麗《きれい》にしてるんだ」

だというのに物珍しげに日野は室内を見回し、「写真、いい？」などと聞いてくる。

「いや、まぁ。別にいいけど」

姉さんがいなくなってから、この家に女性が足を踏み入れることはなかった。

見慣れたくすんだ景色が、ほのかに華やいだ気がする。

ただ、どうにも現実感が僕に追いつこうとしない。まさかこんなことになるなんて。

とりあえず二人には食卓椅子に座ってもらい、僕は台所でお湯を沸かして紅茶の準備を進める。週に三日は紅茶を飲むので慣れたものだ。

その間、日野と綿矢は女子特有のキャッキャッとした声で話していた。

「というか、神谷の家は本当に片付いてるね。この時間に家族の人はいないって話だけど、お母さんがすごく綺麗好きなの？」

「いや、綿矢には話してなかったけど、ウチは僕と父さんの二人暮らしなんだ。掃除とかは僕の趣味みたいなもので。まぁ一応、綺麗にはしてる」

茶葉の蒸し時間を計りながらさらりと答えると、日野が自慢げに言い添えた。

「そうなのです。私の彼氏くんは衛生感を大切にしているのです」

「衛生感？　清潔感じゃなくて？」

僕が片親であることには深く追及せず、綿矢が日野に尋ねる。

「ノンノン、清潔感は装えるものだけど、衛生感は装えないものだよ。よく見ると透くんのシャツって、襟や袖がピシっとしてるでしょ。あとあと、ハンカチも毎日洗ってアイロンを掛けてるんだよ。そういう目に付かないところも綺麗にするのが、衛生感」

「はー」と、感心したような呆れたような声が綿矢の口から上がる。

「話してみるまで分からなかったけど、神谷って結構変わってるよね」

「綿矢にだけは言われたくないけどな。っと、よし、もう紅茶が入るぞ」

そうこうしている間に茶葉の蒸し時間が終わる。温めておいた紅茶カップからお湯を捨て去り、淹《い》れ立《た》てのレディグレイを陶器のポットからそこに注ぐ。

ベルガモット特有の爽やかな柑橘《かんきつけい》系の匂いが台所に香った。

「はい、粗茶ですが」

「いや神谷、緑茶じゃないんだから」

「あ、そっか、紅茶だとそう言わないんだね」

紅茶が入った二人のカップを先に食卓へと運ぶ。続いて特売のクッキーを盛った白い大皿とともに、自分のカップを持っていく。

姉さんがいた頃の名残《なごり》で椅子は三脚ある。僕も食卓椅子に腰かけ、紅茶を啜《すす》った。オレンジとレモンが加えられたフレーバーティーは飲みやすく、心も落ち着く。

「わ、美味しい。透くん、紅茶淹れるの上手いんだ。それにすごくいい香り」

対面に腰かけていた日野が紅茶を口に含むと、驚いたような反応を見せる。

「……本当だ。何これ。え？　どこの茶葉？」

綿矢の口にも合ったようで、内心でほっと息を吐く。

下川くんも気に入ってくれていたので自信はあったが、感想を聞くまでは緊張する。

「スーパーの安いやつ。レディグレイは安くても美味しいんだ。まぁでもちょっとジャンピングが上手くなかったな。七十七点くらいだ。お代わりもあるから、遠慮なく」

味を確認した後は紅茶がたっぷり入ったポットを台所に取りに行く。

綿が沢山詰まったティーコゼーを掛け、食卓に置いた。裁縫も姉さんから習い、ティーコゼーくらいなら簡単に作れた。

白く簡素なカップから再び紅茶を啜っていると、僕を見ている二人の視線に気付く。

「え？　なに」

「今になるまで気付かなかったけど、なんか、神谷って没落した貴族みたいだね。妙に上品なところとか特に」

「没落とか言うな。そして日野、君はまたすぐにメモるな」

それからも三人で何くれとなく話し、ポットと皿は空になる。

やがて二人は我が家の探索を始めた。とは言ってもありふれた団地の2LDKだ。父さんの部屋を見せるわけにもいかず、リビングと僕の部屋くらいしか見るものはない。

綿矢は本に興味があるようで、僕の部屋の本棚を熱心に眺めていた。

日野はパシャパシャと僕の部屋を撮影している。まぁ、いいけど。

「しかし日野は、どうしてそんなに写真を撮るのが好きなんだ？　こんな部屋、撮るまでもないだろ」

「そんなことないよ。男の子の部屋って入るの実は初めてだし、楽しい」

日野と話していると、綿矢がどこの誰とも知れないオッサンのような声を上げる。

「お～お～お～、神谷さんよぉ。いい趣味してますねぇ。古書店で売れば結構な値段になりそうなレア本もちょくちょくあるじゃん。これ、どこで仕入れてるの？」

「そこら辺は、父さんが古書店から漁《あさ》ってきたのを適当に。うちの父さん、本を買ってはそこら辺に放っておく人だから、仕方なくリビングか僕の部屋の棚で整理するようにしてるんだ」

感心したような、そうでないような声が二人から漏れる。

「透くん、やっぱりちゃんとしてるね。本が沢山あるのに、部屋の中もぜんぜん埃《ほこり》っぽくないし」

「まぁ、衛生感は大事だからさ」

「あ〜でたでた、衛生感」

「綿矢、頼むからゴキブリみたいに言うなよ」

それから二人がなぜかアイロン捌《さば》きを見たいと言い出したので、洗濯していたものを取り込み、見せられない男のものはそっと隠し、ハンカチやシャツにアイロンを掛けた。

綿矢からは上手過ぎて引くと言われ、日野は楽しそうに動画で撮影していた。

夕刻が迫ると二人を最寄り駅まで送ることにした。

ついでに夕飯の買い物を済ませようと思い立ち、粗品で貰《もら》ったエコバッグを手にして二人と並ぶ。

「こ、この没落貴族、エコバッグが似合って仕方がない。この高校生、なに」

綿矢が笑いをこらえていたその間抜けな姿は、日野に正面から写真で押さえられた。

なんとも現実感のない一日だった。

夜、夕飯の支度を済ませ、食卓で教科書を開いて予習をしていると扉が開く音がした。

父さんが帰宅したようだ。遅いと思ったら顔を出した父さんは赤ら顔になっていた。

大して飲めもしないのに、またどこかで飲んできたらしい。

「父さん、飲んで帰るなら帰るでちゃんと連絡してよ」

「いや、すまんすまん。透に恋人が出来たのが嬉しくて、ついな」

その恋人が今日、友人を連れて遊びに来たことを伝えると父さんは目を見開いた。

「入れたのか、こんな家に」

「別に父さんの部屋とかは見せてないし、いいだろ？」

「もちろんだとも。でも、あれだ。なんか……いい匂いする？」

「頼むから外で、そういう変なことは口走らないでくれよ」

溜《た》め息《いき》を吐きながら台所に向かい、料理を温めるなどして自分の夕飯を用意する。

食卓椅子に腰かけた父さんが僕をじっと見ていた。

「なに？」

「なんだかお前、勝手に大きくなっちゃたな」

僕は何も応えずに、冷蔵庫から作り置きの煮物を取り出した。

それからとめはしたものの押し切られ、父さんは我が家で飲み直した。用意していた夕飯のおかずを肴《さかな》に発泡酒を飲み始めると、半分も飲まないうちに父さんはつぶれる。

「まったく、お風呂にも入らないで」

仕方ないのでタオルを温め、起こした父さんにそれで体を拭くよう言った。

その間に部屋へとお邪魔し、布団を敷いてやる。以前、放っておいたらリビングのソファで眠り込み、翌日になって体を痛めたことがあったのだ。

父さんの部屋で屈《かが》んで布団を整えていたら、ふらふらの家主がやってくる。

「大丈夫？　強くないんだから、あんまり飲まないでよ。ほら、ちゃんと着替えて」

「大丈夫だ、早苗、心配するな。俺は、だいじょぶだ」

その言葉に一瞬だけ体の動きを止めてしまう。父さんはそんな僕には気付かずに寝巻きに着替えると、敷き終えた布団に横になった。すぐに寝入ってしまう。

部屋を出て襖《ふすま》を閉める間際、僕は父さんに視線を向けた。

ひどく酔っていたのか父さんは、僕を姉さんと間違えていた。

6

『ま、私も神谷と似た感じというか、そういう家だから気楽に来てよ』

僕が使用している定期券の区間内ということもあり、翌日の放課後は綿矢の家へと遊びに行く流れとなっていた。

日中の学校は平和で、下川くんも登校してのびのびと過ごし、例のアイツはグループから外れて孤立していた。バイト雑誌を眺めていたように思うが、声はかけなかった。

放課後になると日野と綿矢と合流し、三人で綿矢の家に向かう。綿矢も電車通学をしていた。僕と日野よりも学校に近く、同じ方向に二駅進んで電車を降りる。

綿矢が住んでいるのは賃貸マンションで、エントランスがオートロック式になっていた。オートロックに憧れていた僕は、高級感のあるエントランスに見入ってしまう。

「って日野、また撮影か？」

そんな僕に向けて、笑顔の日野がスマホを構えていた。

「彼氏くんが驚いてる姿を、動画に収めておこうと思ってね」

「間抜け面さらしてるだけだろ。限りあるデータの無駄だって」

「いいからいいから」

「お〜い。なにイチャついてんの？　早く来なってば」

先に進んでいた綿矢に促され、僕と日野はエレベーターホールに向かう。

綿矢は母親と二人暮らしをしているとのことだ。

その母親は本などの装丁を主として手掛けるデザイナーさんらしく、夜は家で仕事をしているが、日中は何かと用事が多くて出かけているらしい。

綿矢は時々そんな母親を手伝い、資料探しや書類作成、レシート管理などの仕事をアルバイトとして行っているという話だった。訳あって、父親とは別居中らしい。

女性だけが暮らす家に男一人で訪れるのは、正直ちょっと緊張した。

「まぁ、とにかく座ってよ」

我が家よりもかなり広い、開放感のあるリビングに通される。母親がデザイナーなだけあって絵が所々に飾られ、一つ一つの家具や小物にもこだわりが感じられた。

十階建ての最上階から臨める空は高く、洗濯物が……。

「すまん、綿矢。一瞬、ちょっと何か見えた」

「ん？　あ～あれね、大丈夫大丈夫。私は気にしないし、ってかごめん、神谷が気にするよね」

そんな一幕はあったものの僕と日野はリビングの椅子に対面で腰かけ、綿矢が淹れてくれるという紅茶を待った。

ふと、今日もまた僕をじろじろと見ている日野の視線に気付く。

「どうした、日野？」

「没落貴族」

「それ、忘れろって」

「ごめんごめん。でもそのキーワード、結構ぴったりかもって思ってさ」

日野なりに褒《ほ》めてくれているのかもしれないが、手放しでは喜べない。その思いが表情となって表れていたのか、日野にこんなことを言われてしまう。

「そんな顔しないで、もっと笑ってよ」

「いや別に、変な顔をしてるつもりはないんだけどさ」

そう言いながらもきっと、僕は変な顔をしているんだろう。

その僕とは対照的に、日野は今日も朗らかに笑っていた。

「日野は、いつも笑ってるよな」

どんな気負いもなく僕が感想を漏らすと、日野はわずかに眉を上げた後に応じた。

「あぁ、うん。まぁね。本当はいつもじゃないんだけどさ。笑える時にはしっかり笑っておこうと思って。人間って笑えない時には、本当どうやっても笑えないから……って」

そんな答えが返ってくるとは考えもせず、思わず日野を見つめてしまう。

僕の意外なものを見る目に気付くと、日野はすぐに弁解を始めた。

「あ、いや。実体験とかそういうのじゃなくて、単に漫画とかで読んだやつだからね」

「そうなのか？」

訝《いぶか》しい思いで見つめると、日野は作り笑いと分かる顔で「そうそう」と頷く。

「まぁ、ならいいけどさ。でも、なんだ」

そこで僕は、僕らの事情を知らない綿矢に聞こえないよう、日野へと体を寄せながら声を潜めた。

「僕たちは擬似恋人だけど。困ったことがあるんなら、遠慮なく言えよ」

「え……？　あ、うん」

日野の驚いた顔を間近で眺める。

するとそこに「はいは～い」とトレイを持った綿矢が、割って入ってきた。

「あんたたち、イチャつくんなら私の目の届かないところでやってくれるかなぁ」

その綿矢の言葉に、日野はいつもの彼女らしく冗談を言って返した。

「でも泉ちゃん、それだと声は聞こえちゃうかもよ」

「うわ、大人のジョークで返してきた。恋人持ちの余裕か、この～」

紅茶が載ったトレイをテーブルに置くと、綿矢が日野をくすぐり始める。日野は抵抗していたが、やがてくすぐったそうな声を出す。

僕はそんな二人を眺めながらも、先ほどの日野の発言に考えを及ぼした。

『人間って笑えない時には、本当どうやっても笑えないから』

日野は漫画のことだと言っていたが、その割には実感がこもっているように感じられた。それは、僕の勘違いなんだろうか。

そんなことを考えながら、綿矢とじゃれ合っている日野を改めて見つめる。

人の心は見えない、覗けない。日野は屈託《くったく》なく、楽しそうに笑っていた。

7

月日は音もなく過ぎ去る。日野と恋人になって一週間以上が過ぎた。

とは言っても放課後の過ごし方が変わっただけのことで、日常に大きな変化はない。

本当に……そうだろうか？

ここ最近、気付くと日野のことばかり考えている自分がいた。

楽しそうに頬杖を突いている姿や、毛先にまで生命が及んでいそうな美しい髪のことを思い出す。夕日を受けると一瞬、その髪がつやつやと輝く。

僕は単に日野の容姿に惹《ひ》かれているだけなんだろうか。女性との接点が今までほとんどなくて、それで勘違いしてしまっているだけなんだろうか。

でも、それだけじゃない気がした。

あの発言のことが気になっていた。いつも笑顔を見せている日野が、その裏に何を隠しているのか知りたい。出来るなら彼女の力になりたい。

「神谷くん、なんだか最近は、心ここに在らずって感じだね」

その考えはどうやら、日常のふとした瞬間に僕の心を奪うらしい。

昼休みの時間、下川くんと話している最中にそう言われてしまった。

「え？　そうかな。そんなことはないと思うけど」

僕が取《と》り繕《つくろ》って笑うと、下川くんは優しい顔付きになる。

「そうそう、前にも少し神谷くんに相談させてもらったけど、日本語で書かれた本を今も色々と注文して集めてるんだ。海外だと日本語の本は手に入りにくいしね」

話の転換に少し戸惑いながらも、僕はそのことを思い出す。

「あぁ、言ってたね。どう、何か面白い本は見つかった？」

「うん、色々とあるけど、一番は格言集かな。ネットでも調べられるけど、本の方がこの体みたいにしっかりと身になる気がして」

そう言うと下川くんは自分のお腹を叩《たた》いた。僕を笑わせようとして話題を提供してくれたんだろうか。下川くんの目論見《もくろみ》通りに笑わされてしまう。

「歩く格言者になれるんだ」

「歩くことは誰でも出来るが、一歩を踏み出し続けることには困難を伴う」

「知らない格言だな。誰の？」

「ただの大食らい、下川の格言。略歴。生前は特に何もしてなかった」

してやられたと、口元が緩む。僕は純粋に会話を楽しみ始める。インテリジェンスな男は海外だとモテるらしいよと言うと、下川くんは嬉しそうにした。

「それで神谷くん、何かと咳《せき》は隠すことが出来ないって格言、知ってる？」

「え……？」

しかしそう切り出され、動揺してしまう。僕の家にも格言集の本があり、読んだことがあった。下川くんが口に出したものは「恋」に関する項目に綴《つづ》られている言葉だった。

恋と咳は隠すことが出来ない。

「くしゃみと咳は隠すことが出来ない、とかじゃなくて？」

そう言ってとぼけた僕に、下川くんは「当たり」と言って微笑んだ。

そんな具合に学校ではいつものように下川くんと話し、放課後は日野と過ごす。

メールの習慣がなく得意でもなかったので小まめに連絡できないことを謝ると、日野は「気にしないで」と応じた。「二つ目の条件にも則《のっと》ってるしね」とも。

その代わり放課後の教室では二人ともよく話した。

「それじゃ、毎日料理してるんだ。私よりきっとぜんぜん上手だね」

「上手かどうかは分からないけど、まぁ、なんとかやってるよ」

「彼氏くんの口癖。まぁなんとかやってるよ、っと」

「またスマホでメモってるのか。というか、そんな口癖ないし」

綿矢の家以降、日野とは深刻な話は出来ていない。無理に話を持っていこうと思えば出来たかもしれないが、そうするのは避けたかった。

僕たちは恋人であり、恋人ではなかった。

本気で好きにならないことを条件に課している。

僕は当初、そのことになんの問題もなかった。元を辿《たど》れば僕がかけた迷惑だ。日野の思惑は分からないが、擬似恋人であることに不満はない。

だけど形が事実を作るのか、あるいはそんな事実など存在しないのか。徐々に日野との付き合いによって組み替えられていく自分のことに、困惑していた。

その日野と放課後を過ごし始め、二度目の金曜日が訪れる。

明日は土曜日、休日だった。

「日野、それで休日のことなんだけどさ。六月にも入ったし、よかったらどこかに」

「びっくりだよね。気が付けば、もう六月なんだもんね」

その時、微《かす》かに日野は表情を曇らせた。

かと思えばいつもの笑顔になり、尋ねてくる。

「ごめんごめん。それで、休日の話だね。ちなみに透くんは今週は何か予定あるの？」

「あぁ、日曜は下川くんっていう友達が引っ越しちゃうから、見送りに行くけど」

下川くんの話は以前から日野にはしていた。

本当なら二人を引き合わせたかったのだけど、それは下川くんに辞退されてしまっていた。理由を聞くと、大切な人が増えると別れが辛くなるからとのことだった。

『日野さんとの時間を、今は大切にしてよ。ボクはもう、十分だからさ』

そう言って穏やかに微笑んでいた彼を、僕は数少ない大切な友人だと思っている。

海外ではあるが、転校での別れが何も今生の別れとなるわけではない。どんな方法でだって今は繋《つな》がれる。これからも僕らはきっと素敵な友人同士でいられる。

下川くんとの別れを寂しく思いながらも、今は日野との会話に集中する。

「でも土曜日なら一日あいてるよ。どうする、どこかに行く？」

その提案を予想していなかったのか、日野は「おっ」と言って反応を示した。

「それはつまり……いわゆる、デートというやつですね」

「まぁ、そうだけど。日野が嫌なら別に。ほら、休日はどうするのかと思っただけで。前の土曜日は用事があったんだろ」

「あぁ、うん。ちょっと病院にね。とは言っても、大したことじゃないんだけどさ」

そこで日野の視線が一度それる。以前なら見逃していたかもしれない。

「しかしデートか。いいね、面白そう。ぜひお願いするよ。ただ午後からになっちゃうけど、いいかな」

日野の反応に気を取られ、僕は言葉を返すのが少し遅れてしまう。

「え？　あ、あぁ。いいけど。というか、休日でも午前中に決まった用事があるのか？　条件の一つ目も、放課後まではお互い話しかけないってのがあったけど」

常々気になっていたことを聞くと、日野は返事を渋った。

「女の子には色々とあるのです。それで、どうする？　どこ行こうか？　透くんは普段、本を読んだり家事をしたりしながら休日を過ごしてるんだよね」

改めて確認されると、特に面白みのない休日の過ごし方だ。

「まぁそうだね。大体そんな感じ」

「あと、あんまりお金がかからない方がいいよね」

「情けないことに、その通りです」

頭を下げると、日野は慌てて言葉を繋いだ。

「気にしないでよ。それじゃあ、休日の公園で過ごすのはどう？　もしＯＫなら、透くんにお弁当を作ってもらって、私はその代わり、その後で喫茶店のデザートとかを奢るよ。それなら透くん的にも、そんなに負担にならないでしょ」

その提案は有難《ありがた》かった。経済的にも、心理的にも。

「分かった。お弁当はリクエストとかある？」

「好き嫌いはないから、なんでも御座れです。あ、でも、あの紅茶は飲みたいかも」

「了解。なんでも御座れね。前から思ってたけど、日野って時々、言葉遣いがよく分からない感じになるよな」

その日はそれからも教室で話をして、黄昏時《たそがれどき》が迫る頃には二人で帰った。

8

楽しみにしていた土曜日が訪れる。

朝早くに家事を一通り終わらせてしまうと、僕はお弁当作りに取り掛かった。

メニューは迷ったが、紅茶にもよく合うサンドイッチにした。

片栗粉《かたくりこ》を塗《まぶ》した鶏肉《とりにく》をフライパンで焼き、カロリーオフな鳥のから揚げ風も作る。

サラダも必要だ。紅茶にフルーツも合うから簡単に用意しよう。

父さんは朝から自室にこもっていた。多めに淹れた紅茶のお裾分けを持っていくと、
我が家に一台しかないノートパソコンで文章を打っている。

「また小説書いてるの」

「あぁ、文芸界新人賞の締め切りまでもう少しだしな。お、なんだ、いい香りだな」

座椅子から振り返った父さんに、紅茶が入ったカップを渡す。

小説を書くのは父さんの趣味であり、楽しみでもあり、ひょっとしたら人生そのものかもしれない。僕が生まれる前から書き続けているという。賞はまだ取れていない。

そんな父さんは、小説家になって生計を立てることを夢見ている。家のことはそれを理由に蔑《ないがし》ろにしているが、やはり強く言えない。

「今日は僕、ちょっとデートに出かけるから昼はいない。冷蔵庫に余分に作ったサンドイッチとか入ってるから、昼はそいつを食べておいて」

「おぉ、助かる。しかしデートか。よし、ちょっと待ってろよ」

そう言うと父さんは立ち上がり、財布を探して開いた。しかめっ面をした後にタンスを漁り、封筒から紙幣を取り出す。

「ほら、これお小遣い。お前は頑《かたく》なに月々のお小遣いを受け取らないけど、家計費の浮いた分だけってのも、高校生としてやっぱり限界があるだろ」

「いや、いいよ。食費で紅茶とか自分の好きなもの買ってるし、定期券を買ってる上に、携帯を持たせてもらってるだけでも有難いって」

「定期券って、お前が自転車で高校に行こうとするのを俺がとめたんだから、当たり前だろ。携帯電話も超激安プランだぞ。いいから、これくらい取っておけよ」

僕は差し出された一万円札をじっと見つめた。

お金には力が宿っている。それは、人を幸せにする力だ。

美味しいものを食べれば人は笑顔になるし、気に入ったものを生活の中に取り入れるのだって、小さな喜びや日常の活力を得られる。

でも、だからこそ慎重に使う必要がある。

「じゃあ半分だけ使わせてもらうよ。残りの半分で今日、何か美味しいものでも食べよう。父さんの好きなすき焼きはどう？　この季節だから白菜はなくても、お肉ならいいのがあるからさ」

「半分なんて言うなよ。だけどそこが妥協ラインか。それじゃあ、その半分で今日はご馳走になります」

父さんはそう応じると、早く受け取れとでも言うように改めてお札を差し出した。

「ありがとう。じゃあ、今夜は楽しみにしてて」

「透も、楽しんでこいよ」

お札を受け取ると、父さんにもう一度お礼を言って部屋を出た。自室に戻り、中学時代から使い続けている財布にお金を収める。

家のことを細々とやり、それを終えると姉さんが愛用していたピクニックバスケットを押入れから引っ張り出した。

籐《とう》で編まれた、あめ色の丈夫なバスケットだ。そこにお弁当や水筒などを詰める。

少し早いが十一時には家を出ることにした。我が家から歩いて十五分ほどの場所に、大きな総合公園がある。桜並木で有名な公園で、春になると沢山の人で賑《にぎ》わう。

日野とはそこの噴水前に十二時の約束だった。

自転車を使おうかとも思ったが、風に吹かれたくなったので徒歩で向かうことにする。

結局、約束よりも三十分以上早く公園に着いた。

人もいるが、込み合っているわけじゃない。噴水が見えるベンチに腰かけ、バスケットに入れておいた文庫本を取り出す。

小さい頃から、休日の日は外で本を読むのが好きだった。

多分、少し変わった子供だったのだろう。それだけで不思議とワクワクして、周囲に家族が溢《あふ》れていても、自分はそれほど孤独じゃないと思えた。

それに、僕には分かっていたからだ。

本に集中し過ぎて、夕闇が迫る頃まで読みふける。周囲の暗さに気付いてはっと顔を上げ、不安になっていると、決まって誰かがそんな僕を見つけてくれた。

『やっぱり、ここにいた』

紫が混じった茜色《あかねいろ》の空を背負い、誰かが歩いてくる。

そうやって姉さんが……。

「えっと、透くん、だよね」

声に促されて本から顔を上げる。少しばかり緊張した表情の日野が、目の前にいた。

公園の柱時計で時刻を確認すると、あれから三十分以上が過ぎていた。

「あ、うん」

「よかった。ごめんね、私服姿は見慣れてないから、ちょっと自信なくて」

「いや、気にしないでくれ。こっちこそごめんな。来てるのに気付かなくて」

そこでふと、いつもとは違う日野の格好に気付く。

白いシャツを羽織り、柔らかそうな素材の緑色のロングスカートをはいている。

そういえば、日野の私服姿は初めて目にした。

その姿に目を奪われていると、僕の傍らにあるものに日野が気付く。

「それ、お弁当？ すごい、そんなちゃんとしたピクニックバスケット、初めて見た」

「これか？ 姉さんが昔、バザーかなんかで安く買ってきてさ」

「お姉さん？ あれ、ごめん、その話って聞いたっけ？ 確か、お父さんと二人暮らしだったんじゃ……」

「あぁ、うん。今は二人暮らしだけど、ちょっと前まではいたんだ、姉さんが。死んだとか、そういう理由じゃないんだけど……」

返答に詰まっていると、何かを察した日野が「そっか」と受け、明るい声を出す。

「私、お腹が空いちゃった。お弁当、どこで食べる？って、お昼まで待たせちゃったのは私なんだけどさ」

そう言って、眩《まぶ》しいような笑顔を日野は見せた。

眩しい光に当てられると、その分だけくっきりと影が浮かび、その影に囚われてしまうことが人間にはある。家族を失った人間が、幸福な家族を見ている光景のような。

だけど日野から発せられる明るさは、僕を寂しくはしなかった。

世界のあらゆる悲劇の何割かは、所詮は自分の内のことなのかもしれない。

日野の笑顔につられるように微笑むと、僕は立ち上がった。


それから僕たちは、休日の公園という風景に溶け込んだ。

上手い具合に芝生広場の木の下の一つがあいていて、直射日光もそこなら気にならない。レジャーシートを敷き、お昼時を楽しむ家族連れを遠くに見ながらお弁当を広げた。

食事をする前に日野はまた写真を撮っていた。

「は～、美味しかった。すごいね、透くん。こんなに料理上手なんだ」

楽しさもあり、話しながら食べているとあっという間に時間が過ぎてしまう。

お金のかからない材料で作った料理ではあったが、口に合ったのならよかった。

「実は家にあるものを適当に使っただけだから、本当に、大したものじゃないんだ」

「でも美味しかった。透くんはいいお婿《むこ》さんになれるね」

「日野だって……あ～～どうだろ」

「なんでそこ、最後まで肯定し切ってくれないかな」

苦笑する。爽やかな空気を呼吸し、空を仰いだ。

まるで物語世界に生きる住人のようだと自分のことを思った。奇妙な縁で隣の人と繋がっている。けっして僕らは好き合っている関係ではないのだ。

それでも休日をともに過ごせる人がいることが有難かった。嬉しかった。

僕たちはまたなんでもない話をし、笑ったり感心したり、ぼうっと景色を眺めたりした。やがて無言が横たわる。少なくとも僕は、その無言を窮屈には感じなかった。

「不思議だなぁ」

呟く日野に顔を向ける。それに気付いた彼女は、柔らかく頰を緩めた。

「どうしたんだ？」

「いや、不思議だなぁって。なんだか、本当に不思議。心が急《せ》かないっていうか、苦しくない。無言でも、ぜんぜん退屈でも窮屈でもない。こうやって二人で、静かに時間を積み重ねてきた気すらするよ」

日野の見えないところ、気付かないところで何かが震える。

一瞬、僕は幸福だった。

積み重なってきたものが少しでも二人の間にあるのなら、それを嬉しく思う。

瞼《まぶた》を閉じた。そうすると感覚がわずかに広がる。その感覚を楽しんだ。

太陽の暖かさ。芝生の匂い。隣の人の息遣いすら、感じられるような。

強い風が吹いて目を開く。隣の彼女が長い髪を押さえていた。

その短い時間の中で、僕は何かを言おうと思った。

恋を嘘に出来なくなっている自分に、気が付いた。

「日野のことを、好きになってもいいかな」

尋ねた時にはもう、風はやんでいた。

今と言い終わらないうちに終わってしまう、今、この瞬間を思う。

好き、そうか。そうだったんだ。口に出して実感した。僕は君のことが……。

ゆっくりと時間をかけて、日野が僕に顔を向ける。

「だめだよ」

彼女は言った。

「どうして」

僕は尋ねた。

迷いに巻かれているように、日野が俯く。

また、風が渡った。日野の長い髪を一陣が攫《さら》おうとする。

「私ね……」

「病気、なんだ。前向性健忘《ぜんこうせいけんぼう》っていってね。

夜眠ると忘れちゃうの。一日にあったこと、全部」

その声は風にまぎれてか、僕に届くまでに時間を要した。

歩き始めた二人のこと

1

今日という日を、私はスマホのアラーム音とともに始める。

遠くで鳴り響く音に起こされた時、私はまずそのことを疑問に思う。

あれ、どうしてスマホが鳴ってるんだろう？

目覚まし時計やアラームで起こされることが嫌いだから、眠る時はカーテンを引かず朝の光で目覚めるようにしていた。それなのにスマホの目覚まし機能が働いている。

しかも枕元にあるはずのスマホの置き場所が変わっていた。ベッドとは正反対の場所にある、ディスプレイラックの上に置かれているのだ。

寝床を抜け、ペタペタとフローリングの床を歩む。なんだろう、今日はちょっと暖かいな。そもそも何時なんだろう。スマホの目覚まし機能を止めて時刻を確認した。

わずかな違和感を覚えながらも、時刻は五時と確認出来た。

………なんで、こんな時間に？

夜は勉強してから十二時くらいに寝るので、まだ五時間しか眠っていない計算になる。

でも不思議と体は、十分な睡眠をとった感触があった。

誤作動でもしたらしい目覚し機能に溜息を吐くも、今がゴールデンウィーク中だということを思い出す。そうだった、休みだ。やった。

私は寝付きはいいが、一度起きると簡単には眠れない。気を取り直して、一階に下りてカフェラテでも作って飲もうかという気分になった。

とりあえず部屋の電気をつける。

《私は事故で記憶障害になっています。机の上にある手帳を読みましょう》

《一日入魂》

《まずは手帳だ。さぁ、机の上を見よう》

外は薄闇に覆われている。頼りない光が灯った室内で私は沢山の張り紙を見つけた。

ぞわりと背筋が震え、奇妙な感触に鷲《わし》掴《づか》みにされる。

え、何これ……。

見慣れない張り紙が、見慣れた私の字で書かれていた。そして今になって先ほどスマホを見た時の違和感に気付く。急いで画面を確認する。日付がおかしい。

昨日は、四月二十六日だったはずだ。ゴールデンウィーク初日だからよく覚えている。

それなのに一ヶ月以上日付が飛んでいる。張り紙に奇妙なことも書かれていた。

事故？　記憶障害？

混乱に突き落とされていると廊下から足音がした。目を向けると扉がノックされる。

返事をするとマグカップが載ったトレイをお母さんが持ち、少しばかり厳粛な面持ちで部屋へと入って来た。え、なんで……どうして？

疑問は多かったが張り紙について尋ねる。するとお母さんは言いにくそうに答えた。

「真織。あなたはね、事故に遭ったの。それで、記憶障害になってしまったの」

事故や記憶障害の詳細を聞いて、茫然《ぼうぜん》となる。

言われて思い出す。事故、確かにそれはあったことだ。間違いない昨日のことだ。

世間ではそれはしかし、昨日じゃない。もう何十日も前のことになっている。

嘘でしょ？　自分の顔が引きつっているのが分かった。

だけど必死に前日のことを思い出そうとしても、その事故があった〝昨日〟のことしか思い出せない。嘘の可能性を疑ったが、お母さんが嘘をつく必要もない。

つまり――私は本当に、記憶障害になっているということなのか。

正直、ちょっと笑えない。笑いたいけど、笑えない。

気を落ち着けるため、お母さんが持ってきてくれたカフェラテを椅子に座って飲む。

大好きなシナモンが入ったそれは、普段のように私の心を落ち着けてはくれない。

私は震えていた。そんな私をお母さんが苦しそうに見つめている。

それから毎日の私がやっていることだとお母さんに教えられ、過去の私たちが書いた手帳やノートに目を通すことになった。

私は毎朝、それらを読むために早起きをしているようだ。そのために夜は遅くとも十時には眠りに就く。

私に付き合って、お母さんも生活リズムを変えてくれているみたいだった。何か聞きたいことがあったら下にいるからと、お母さんはそう言って私を一人にしてくれた。

机の上に置かれた手帳に、私は視線を向ける。

見慣れない、だけど私が好きそうなシンプルなデザインの手帳はバインダー式になっていた。ページを継ぎ足すことが出来る上に、横に少しはみ出した仕切りにより、項目が一目で分かるようになっている。

お母さんによれば、普段はスマホでメモを取りながら、必要なことをこの手帳にまとめているという話だった。手帳であればデータが消える心配もないからと。

恐る恐る手帳に手を伸ばす。最初の項目は「重要」と題されていた。

私が事故に遭ったことや障害の症状、そのことは私の両親や泉ちゃん、学校の先生しか知らないことなど、重要なことがそこには書かれていた。

私はどうやら記憶に障害を負っていることを、クラスメイトには話してないらしい。

その理由も書いてあった。

学校に記憶障害のことを両親と相談すると、障碍者《しょうがいしゃ》の特例が国で定められていることから、出席日数さえ足りていれば卒業を認めてくれるという話になったらしい。

ただその際に、記憶障害の危険性について指摘されたそうだ。

思いもしなかったが、記憶障害の噂《うわさ》が広まることは危険なことでもあった。

どんなことがあっても、私はそれを覚えていることが出来ない。忘れてしまう。

誰に、どんなことをされても、一日が過ぎれば……。

噂が広まった場合、学校内の色んな人が私を一目見ようと教室に来るかもしれない。

そして今の時代、情報は学校を超えて簡単に広まってしまう。

もちろん、世の中は悪い人だけじゃない。良い人だって沢山いる。言えばきっと、クラスの皆は気遣ってくれるだろう。だけど、誰かに話さないという保証はない。何か事件があってからでは遅い。その恐怖が、毎日の私の精神的な負担にもなりえてしまう。

出来るだけストレスを避け、楽しいことをして精神を落ち着けること。それが大事だと、医師からも伝えられていたらしい。

そういった事情もあって、私は泉ちゃん以外との付き合いを極力避けているみたいだ。

重要と書かれたそのページを一通り確認していると、息が詰まりそうになった。

開いていた未来が急に閉ざされ、暗闇の中に置き去りにされた気分だ。途中で読むのを放棄したくなる。事実の重みに……打ちひしがれそうになる。

だけど向き合う。少しの希望に似た何かも、重要と書かれたそこにはあったから。

《こんな状態の私ではありますが、恋人が出来ました。手帳の「彼氏くん」という項目と、五月二十七日以降の日記を読んでください。彼氏くんのことが書いてあります》

手帳に書かれたその文章を再び眺め、しばらくの間、考え込んでしまう。

私に恋人が……でも、どうして？　こんな状態だし、いったいどういうことだろう。

覚悟を決めて、まずは手帳の「彼氏くん」のページを読む。

相手は、別のクラスの神谷透くんとのことだ。接点がないのでほとんど覚えがない。

多分、白くて細い人だ。

手帳の内容によると、写真や動画もスマホの専用フォルダにあるらしい。

スマホを見てみると確かにこの人だ。恋人同士がするような二人寄り添った自撮り写真もある。付き合った経緯も手帳の「彼氏くん」のページに書かれていた。

神谷くんが放課後になると突然私を校舎裏に呼び出し、告白してきたのだそうだ。しかし好きだから言っているのではなく、どうにも言わされている感があったらしい。

普段なら断るだろう。でもその時の私は閃《ひらめ》いて、告白に便乗してみようと考えたみたいだ。こんな状態でも何か新しいことが出来ないか頑張ってみようと。

私はそれまでの一日で、何も積み重ねることが出来ない自分に愕然《がくぜん》としていたようだった。一日が何も出来ずにただ流れていく。そこで思い切って飛び込んだらしい。

付き合うにあたっての条件が三つ。
一、放課後まではお互い話しかけないこと。
二、連絡のやり取りは簡潔にすること。

三、本気で好きにならないこと。

要約するとこういった感じで、条件の理由も書いてあった。

一つ目は、こんな状態でも私は学校に通っているため、手帳や日記を読んで自分のことを整理する時間が必要と考えてのことだ。

二つ目は、小まめに連絡されても時間の都合で応えられないし、昨日の私との話題をメッセージ上に持ち越されても困るから、ということだった。

三つ目は、付き合うといっても、こんな状態ではいずれ別れることになる。だから恋愛感情は持たないようにしよう。擬似恋人みたいなもの、との理由だ。

続いて神谷透くんのプロフィールに目を通す。

誕生日、家族構成、血液型、好きな作家などの情報から、どういう人かということ。没落貴族、おかん、衛生感を大切にする人。衛生感ってなんだろうと思ったら、その説明もしてあった。清潔感はいくらでも装えるが、衛生感は装えないものだという。

へえ、と少しばかり感心してしまう。軽く彼に興味を覚えている自分に気が付いた。

ノートにも思い切って手を伸ばしてみる。

手帳で重要事項をまとめる一方で、ノートは「日記」として使用しているらしい。

事故の翌日から今に至るまでの日々が、日記形式で綴られていた。短時間でこれまでのことを読むために、一週間単位で日記の内容をまとめたりもしてるみたいだ。

日記の方は手帳とはかなり色合いが違っていた。格式ばらず、自由に書いてある。時間のこともあるので、まとめられた日記にまずは目を通す。毎日の私は以前と変わらない日常を、それと悟られないように頑張って過ごしているみたいだ。

彼氏くんが現れるまでのことをざっくり確認し終えると、いよいよ彼氏くんが登場するという五月二十七日以降の個別の日記に取りかかる。

「放課後」「デート」「彼氏くん」「泉ちゃん」「彼氏くんの家」「紅茶」

自分のことなのに信じられず、時間も忘れて読み込んでしまう。

当然ながら明るいことばかりではなく、落ち込んでしまうような内容もまとめられた日記には含まれていた。頑張って特進クラスに入ったのにその意味がなくなってしまったことや、友達付き合いのこと。なかなか治らない記憶障害のことがそうだ。

それが彼氏くんが登場して以降の日記は、どれもポジティブで楽しそうなことばかりが綴られていた。彼氏くんとこんなことを話しただとか、その時の表情がちょっと可愛《かわい》かっただとか。どうでもいいことがどうでもいいだけに、そういったことを感じられる余裕が昨日の私たちにもあったのだと知り、今の普通じゃない私を勇気付けてくれる。

朝日はいつの間にか昇り、あっという間に朝の七時になっていた。

その頃には、直視すべき記憶障害の恐怖がほんの少しだけ和らいでいた。昨日と変わらない二階の部屋からリビングに移動すると、お父さんが新聞を読んでいた。

ない気もするが、わずかに緊張しているようにも見える。

視線を向けていると、お父さんがさっと新聞を下げた。ニコッと笑う。

……ひょっとして、毎日こんな調子なんだろうか。

「あ、えっと、ご迷惑をおかけしております」

頭を下げると、お父さんが慌てて立ち上がった。

「迷惑だなんて、そんな、とんでもない。なぁ、母さん。真織が助けなかったら、あの子だって命がなかったかもしれないんだ。お前は本当に立派なことをしたんだ。記憶の障害だって、珍しいけど全く症例がないってわけじゃないんだ。時間はかかるかもしれないが、治る見込みもある。のんびりやっていこう」

朝のお母さんの説明もそうだけど、毎日これを言わせてしまっていると思うと申し訳なくなる。でも沈んだ顔を見せるのが一番よくないことだと思い、元気に頷いてみせた。

ほっとしたのかお父さんは少しだけ不自然に豪快に笑った。

それから朝食を一緒に取り、自分の部屋に戻る。手帳を確認すると、土曜日の今日は十二時から噂の彼氏くんと公園デートの予定となっていた。

しかしデートか。すごいな、私。

どんなお洋服を着ていこうかと悩んでいたら、スマホが電話を着信した。泉ちゃんだ。

「あ、真織？　今日、確か神谷とデートだよね。大丈夫そう？」

昨日のうちに話したのか、泉ちゃんは私の予定を知っているようだった。

「ごめんね泉ちゃん。なんだか面倒なことに巻き込んでるみたいで」

「面倒なこと？　あぁ、記憶のことだったら気にしないで。やれることしか私はやってないし、やりたいことしかやらないから」

あっけらかんと言う泉ちゃんの言葉に、私は救われる。

泉ちゃんはその気質もあって容易に人と親しくならない。でも彼女が親しくすると決めた人、結果的に親しくなった人には、とことん親切にしてくれる。

「そう言ってもらえると助かります。それで今、デートに着ていく服で悩んでるんだけど」

「しらん」

「えぇ？」

「のろけ、いらん」

「のろけじゃないよ」

そんな泉ちゃんにも、昨日の私たちが伝えていないことがある。

神谷くんとは擬似恋人の関係であることを、過去の私たちは泉ちゃんに伝えていない。

もう十分面倒に巻き込んでしまっている気もするが、彼氏くんとのことは自分の我儘《わがまま》でもあるし、出来る限り私たちだけで対処しようと思ってのことらしい。

服をとっかえ引っかえしながらどうにか服装が決まる。

あいた時間で手帳や日記を読み込んだ。最初は随分と気落ちしていたが、驚くくらいにすんなりと私は〝今〟という状況に適合していた。

お母さんに出かける旨を伝え、お父さんには「ちょっとデートに行ってくる」と言ったら目を見開かれてしまったが、外出する準備も済んだ。

どうしても送るというお父さんの提案を大丈夫だからと笑顔で断り、電車と徒歩で約束の公園まで向かう。公園に向かって歩きながら、思った。

なんだ、私、結構普通にやれてるじゃん。恋人くんの情報も、頭の中にばっちりと入っている。見上げると、空から光が音となって降り注いできそうな、いい天気だ。

私はこうやって、日々を案外普通に過ごせるのかもしれない。

今日のこともまた、手帳や日記に残さなければ……消えてしまうのだろうけど。

約束の場所には、写真で確認していた彼氏くんらしき人がいた。

私服だと分かりにくいが、パリッとしたシャツや、洗い立てみたいなスニーカー、毛玉一つない黒いデニムから、衛生感という文字が読み取れる気がした。

「えっと、透くん、だよね」

声をかけると、彼は読んでいた本から顔を上げた。

「あ、うん」

「ごめんね、私服姿は見慣れてないから、ちょっと自信なくて」

そうやって弁解すると納得したみたいだった。

記憶障害のことは隠しているので、彼氏くんには伝えていない。いつか伝える日がくるのだろうか。それとも、すんなり別れてしまう日の方が早いのか。

小さな感慨に揺れていると、彼氏くんの傍らにあるピクニックバスケットに気付いた。

それから話して新しく知ったことだけど、彼氏くんにはお姉さんがいたらしい。

そのバスケットもお姉さんのものということだ。死別ではないとのことだが、寂しそうに話す彼を放っておけなくて「お腹が空いちゃった」と言うと笑ってくれた。

そこから先、私たちは恋人みたいなことをした。

緑の絨毯《じゅうたん》が広がる芝生広場に足を運び、木の下にレジャーシートを敷く。

休日の家族を遠くに見ながら、彼氏くんお手製のお弁当を頂いた。野菜が多くて彩り豊かなサンドイッチを頬張る。カロリーが抑え目にしてある副菜も美味しかった。

「透くんはいいお婿さんになれるね」

「日野だって……あ～どうだろ」

「なんでそこ、最後まで肯定し切ってくれないかな」

そう言いながら顔を向けると、彼氏くんは笑っていた。

なんだろうこれ、不思議な気分だ。見ず知らずの彼は私に心を許していた。それだけじゃない。私もごく自然に彼に心を許している気がする。それがなんだか暖かくて、人間はこんなことが出来るんだと驚いた。

記憶が一日しかもたなくても、情報でしか目の前の人のことを知らなくても。その人が自分を知っていてくれて、その人の中に私とともに過ごした記憶があれば、こうやって柔らかい眼差《まなざ》しで自分を見てくれる。

不思議と、安心してしまう。無言になっても嫌じゃない。

「不思議だなぁ」

「どうしたんだ?」

その想いが言葉になって口から漏れると、彼氏くんが尋ねてきた。

視線を一度合わせた後、私は前を向いて応じる。

「いや、不思議だなぁって。なんだか、本当に不思議。心が急かないっていうか、苦しくない。無言でも、ぜんぜん退屈でも窮屈でもない。こうやって二人で、静かに時間を積み重ねてきた気すらするよ」

穏やかな日差しを視界に感じながら、私たちは時間という本を読む。

その中で私は、こんな自分を作った神様について考えた。神様はきっと私たち人間に無関心だ。人間の尺度を越えたところにいる神様は、善でも悪でもないだろう。

けれど、優しいのではないかと。ひょっとしたら、神様は……。

風が吹き、私の髪を揺らす。押さえていると彼氏くんからの視線を感じた。

気付いた時にはもう、彼の口から言葉が発せられていた。

「日野のことを、好きになってもいいかな」

私はゆっくりと彼に顔を向ける。神谷透くんは、真剣な表情で私を見ていた。

泣きそうな心地で、思った。

ううん、やっぱり……。神様は意地悪で、残酷だ。

2

前向性健忘。耳慣れない障害の症状について、それから日野が話した。

簡単に言えば、新しい記憶を蓄積できなくなる障害を指すらしい。事故で脳に衝撃が与えられた結果、記憶を蓄積するためのシステムがダウンしてしまい、機能しない。

朝起きてから寝るまでの間は記憶を保持できるが、寝て脳が記憶の整理を始めると、整理されるべき一日分の記憶が消去されてしまう。

翌朝には何も残っていない。一日前の自分に戻ってしまう。

記憶のリセット。それが日野の負った障害だった。

話を聞きながら過去の日野の姿が脳裏を過《よぎ》る。よくスマホでメモをしていることや、頻繁に写真を撮っていること。その日初めて会うと、興味深そうに僕を眺めていること。それらは全て、その記憶障害と関係していた。それだけじゃない。あの三つの条件についてもそうだった。

手帳や日記を使って記憶を繋ぎ合わせているという説明を終えた時、日野は泣きそうな顔になっていた。そんな彼女の姿を、僕は茫然と瞳に映す。

話すつもりじゃなかったと日野は言った。変なことに付き合わせてごめん、とも。

「変なこと？」

尋ねると、日野は表情を曇らせる。

「うん」

「変なことって、なに？」

「好きでもないのに告白してしまったっていう透くんの負い目につけこんで、こんな状態の私でも、何か新しいことが出来るんじゃないかって、付き合ったこと」

「それだったら僕が悪いんだよ。不誠実に告白なんかして。それこそ、なんだ……だから」

何か明るいことを言おうと思ったのに、上手く言葉が出てこない。

日野は表情を曇らせ続けていた。

そんな顔、してほしくないのに。笑っていてほしいのに。

「記憶障害のことは、他に知ってる人はいるのか？」

ようやく捻《ひね》り出《だ》せた言葉は、そんな疑問符付きのものだった。僕はさっきから疑問や否定の言葉しか口に出せていない。そして日野は俯いてばかりだ。

「うん。泉ちゃんと、お父さんとお母さんと、あと、学校の先生と……」

知っている人間はかなり限られているらしい。その理由についても、記憶障害の思わぬ危うさとともに話してくれた。説明を聞いて僕はショックを受けてしまった。

確かにそうだ。人に記憶障害を知られるのは、危険なことでもあった。

日野は話し終えると、また俯いた。

でも僕は、日野を俯かせたいわけじゃない。疑問ばかりを口にしたいわけでもない。たとえ偽物であっても、恋人として僕に何が出来るのか。それを考え実行すべきだ。

そしてその答えを、僕はもう知っていた。

自分のものかと疑うほど、すんなりと答えは出ていた。

『何かと咳は隠すことが出来ないって言葉、知ってる？』

下川くんの言葉を思い出す。切っ掛けはなんだったんだろう。笑顔の少ない生活の中で、日野の笑顔が特別に見えたから？　日野が美しいから？　何かを隠していることに気付いたから？　恋する気持ちは忽然《こつぜん》と姿を現した。

意識するともう、日野のことしか見えなくなっていた。

「今日のことも手帳や日記に書かなければ、明日の日野には伝わらないんだよね」

「そうだね。今朝みたいに私は、事故の日を昨日に持った私として目覚めるから。書かなければ……って。え、透くん？」

日野がようやく顔を上げる。

今まで生きてきて、大なり小なり、そこには色んな気持ちがあった。

喜びや苦悩、悲しみや安らぎ。

だけど今ほどに潔い気持ちは、探してもなかったように思う。

僕はまた、自分を驚かせることが出来た。

君といるから。君と、いたいから。

「じゃあ、記憶障害について僕に話したことは、書かないでおいてくれ。それとあわせて、僕が君を好きになってることも」

とても静かに、僕は言っていた。疑問符は置き去りにして。

日野は驚いた顔をしていた。僕は無理に笑おうとする。

「ルール違反しちゃったの、僕だしさ。もし、もしだよ。もし日野がまだ、僕が擬似彼氏でもいいと思ってくれてるのなら、僕の恋心は知らない方がいいだろ？　病気のことも、日野が本当は教えるつもりがなかったのなら、言ったことを少しでも不安に思ってるのなら、忘れた方がいい。僕も今後、気付かないフリをするから。どう？」

日野はすぐには言葉を返さなかった。表情から迷いが見て取れる。

「なんだかそれって、私にばかり都合がよくない？」

「そんなことないよ。僕は……」

ほんの短い間のうちに、この身を組み替えてしまったもののことを思う。

僕にとって、好きという気持ちは不可解なものだった。クラスの中で恋愛の話を耳にすることもあったけど、それは自分とは遠い世界の出来事だと思っていた。

それが今、自然に、なんでもないように彼女のことを好きになっている。

笑う顔が、下らないことを言うところが、自分らしく振舞いながらも人を気遣っているところが、好きだった。好きの理由は言い足りない。初恋に戸惑ってすらいる。

でも――そんな想いを改めて伝えてどうする。日野の負担にしてどうする。

「僕は、日野と付き合うまで、毎日がつまらなかったんだ。だから擬似彼氏でもいいから一緒にいられるんなら……。今日のことは全部、なかったことにすればいいんじゃないかと思ってさ」

遠くから家族の仲睦《なかむつ》まじい喧騒《けんそう》が聞こえてくる。

その声から隔たって、僕と彼女はいた。

雲を眺めれば作為だらけの僕とは異なり、どんな作為もなく浮かび流れていた。

「透くんは、それでいいの？」

視線を下げると、日野が僕を見ていた。思い詰めた表情をしている。

「うん、いいと思う。日野と遊ぶの、楽しいし。もし日野がいいならだけど」

日野は考え込むような顔をした。

この選択は、いつか僕と彼女を苦しめるだろうか。だけどと願う。

どうか叶《かな》いますように。届きますように。

日野がたっぷりとした逡巡《しゅんじゅん》の間をあける。唇を強く結ぶと、やがて言った。

「うん……分かった。じゃあ、今日のことは書かない。忘れるよ」

忘れる。普通の人が言うそれと日野のそれは、意味合いが大きく異なる。

本当に、忘れてしまうのだ。

行動の記録を残さなければ、自分の軌跡を綴らなければ、日野は。

「ありがとう」

「ううん。こちらこそ、色々と背負わせちゃって……ごめん」

「別に、大したことないよ。美人な擬似恋人が出来て、その、僕だって嬉しいしさ」

軽薄なことを言って笑おうとしたが、あまり上手くはいかなかった。

それから僕は日野に紅茶を勧め、紙コップに入れたそれを二人で飲んだ。

記憶障害の詳細について尋ねると、嫌な顔もせずに日野は教えてくれた。

寝ると記憶がリセットされてしまう症状については、頑張って寝ないでいれば翌日も記憶を保ち続けることが出来るらしいが、あまり意味のないことのようだ。

実際に綿矢と協力して試してみたそうだが、人間は睡眠なしでは生きられない。

日野の状態のことは担任を含め教師は皆が知っていて、授業では当てられることもない。宿題も白紙のまま提出する。テストも受けるが、赤点でも構わないとのことだ。

記憶障害であることを毎朝自覚するのは辛いことだが、授業に出席さえすれば高校は卒業できる。その先のことは、まだ考えてないそうだ。

十二時に集合し、少し早くはあるが三時には解散することにした。

帰り際に僕は言う。

「ちゃんと、手帳や日記に書かないでおいてくれよ。書いてたら絶対に分かるからな。日野、結構いろいろと顔に出やすいし」

「うん、大丈夫」

日野は見たことがないくらいに淡く、儚《はかな》い表情を浮かべていた。

人生という、無数のページに挟まれた中の一枚である、今という日野。

「その……透くん、今日はありがとう。やっぱり君は、すごく優しい人なんだね」

優しい、僕が？　どうだろう……。

「いや、こちらこそ。それで、あの」

僕が君のことを好きでいたら、迷惑だろうか。

そう尋ねようとしたが、結局、聞かなかった。

言葉の続きを待っているような顔をした日野を前に、首を横に振る。

「なんでもない。駅まで送るよ」

駅まで日野を送った後、僕は軽くなったバスケットを手に帰宅しようとした。

しかし、家にいる父さんにはデートのことを伝えていた。早く帰り、更には気落ちした自分を見せると、気を遣わせてしまうかもしれない。

思い直して別の公園に足を運び、ベンチに座って本を読んだ。字が頭に入ってこない。何度も同じ行を辿った。いったい、僕はどれだけそうして頭を空転させていただろう。

五時になると黄昏を知らせる音楽が鳴り響いた。

滅多に行かない商店街の精肉店を訪れ、牛肉を買って家に帰った。

父さんは嬉しそうに用意したすき焼きを食べ、今日は執筆が捗《はかど》ったと話した。

「透の方はどうだったんだ？」

一瞬だけ、真顔になってしまう。

「うん、喜んでお弁当、食べてもらえたよ」

なんとかそう答えると、父さんはまた楽しそうに笑った。

「それはよかった。ほら、お前ももっと肉を食べろ。今度の新人賞を取ったら、その恋人も呼んでぱぁっといこう。な、透？」

あまり強くないのにお酒を飲んで、父さんは早々と眠ってしまった。食器などを片付けながら、僕は色んなことを考えていた。

好きとはいったい、どんな意味を持つ気持ちなんだろう。人はどうして、人を好きになるのだろう。時に人を好きになることは辛く、悲しいことかもしれないのに。

疑問に答える声はなく、食器を洗う音だけが、ただ単調に響き続けていた。

3

日曜日は、下川くんとのお別れの日だった。

新しく彼が行く学校は海外にある。空港に見送りに行こうかと思ったが、下川くんは僕の電車賃を気遣って、快速が通っている地元の駅で会おうと言ってくれた。

約束の時間より随分早く来たつもりなのに、下川くんはもう改札前にいた。

「ごめん、待たせちゃったかな。早く来たんだね」

そう声をかけると、下川くんは言葉を詰まらせた。

どうしたのだろうかと思っていると、嫌がらせをしていたアイツの名前を口に出す。

下川くんは言葉を選びながら、アイツにお金をせびられていたことを実は先生たちに伝えていたのだ、と話した。

「その……さっき彼が、お金を返しに来てくれたんだ。先生たちに話した翌日、彼に放課後に話しかけられてさ。ボクは貯《た》めてたお年玉から出したお金だし、いらないって言ったんだけど、お金、返すからって言われて。それで今日、彼と約束してたから早く来たんだ。内緒で短期のアルバイトして、あとはお兄さんから借りて返してくれた」

アイツが少し前までここにいて、下川くんにお金を返した。

もういないと分かっているのに、周囲に視線を送ってしまう。

何かを思いたいはずなのに、昨日の日野とのこともあって少しばかり思考が重くなっていた。教室で一人になったアイツが、バイト雑誌を開いていた光景を思い出す。

「そっか。下川くん……ちゃんと先生に話せたんだね」

昇降口の前でアイツからその話を聞いていたことは、伝えなかった。

「うん。高校生にもなって嫌がらせを受けるなんて、ボクが頭が悪くて太ってるからとか、理由は沢山あるんだろうけど……恥ずかしくて、なかなか話せなかった。だけど、そのせいで神谷くんに迷惑かけてたし。勇気を出すなら今だと、そう思ったんだ。ただそのせいで、彼には悪いことしちゃったけどね。仲間割れがあったみたいで、クラスで孤立しちゃってるみたいだし」

自業自得だと切り捨てず、最後まで人のことを慮《おもんぱか》る下川くんのことを眩しく思う。

彼とはまだ短い付き合いだ。それでもこの友人を、とても大切な、かけがえのないものとして感じている自分がいた。

それから僕たちはいつものように話そうとしたのだが、上手くいかなかった。

沈黙を破ったのは、下川くんの方からだった。

「神谷くん、ボクと仲良くしてくれて、ありがとう」

彼のその言葉に、俯きがちだった顔を上げる。

「神谷くんは謙遜するけど、ボクは君を素晴らしい人間だと思ってる。そして君は何も持ってないフリをするけど、大切なものをちゃんと持ってる。それは例えば優しさだ」

思わず真剣な顔になってしまう。こんな風に話す下川くんを見るのは初めてだった。

「お父さんが言ってた。偉くなることよりも、優しくなることの方がはるかに難しいって。だから神谷くんは、世間的な偉い人なんかよりもよっぽど立派だよ。こんなこと言うと失礼かもしれないけど、苦労してるのに曲がってない。これもお父さんが言ってたことだけど、苦労した人は大体が卑屈になったり、意地悪になったりするんだって。でも君は優しい。すごく。とても、すごく」

その言葉が、昨日の日野との別れ際と重なる。

『やっぱり君は、すごく優しい人なんだね』

優しさしか……持ってないんだ。優しさしか、持てないんだ。それもきっとすごく中途半端で、誇れるほどのものではない。

そう言おうとしたけど結局、言わなかった。

「下川くんは、苦労なんかしないでさ。立派で偉い人になってよ」

僕が茶化したように、だけど本当に思っていることを口に出すと下川くんは笑った。

頑張ってみるよと、そう彼は答えた。

「ごめん神谷くん、泣いちゃいそうだから、もう行くよ。ありがとう。短い付き合いだったけど、君のことは忘れない。一緒にいてくれて、本当にありがとう」

下川くんが綺麗な手を差し出してくる。僕は荒れている自分の手を見つめた。

こんな手で握手したら申し訳ないと思ったけど、それを差し出した。

下川くんは力強く僕の手を握った。僕も、握り返した。

「新しい環境でも、負けないでね。下川くん」

「頑張ってみるよ」

「嘘、本当は負けてもいいよ」

「初心が挫《くじ》かれるから、やめて」

「折角だから、ダイエットもしてみなよ。君は実は、すごく二枚目だから」

「本当？　うん、分かった。そっちも頑張ってみる」
恥ずかしそうに微笑む下川くんから手を離す。「それじゃ、家族が空港で待っている
から」と彼は言う。僕は頷いた。
「日野さんと、仲良くね」
そして彼のその言葉に、少しだけ動揺した。
黙って頷くと、下川くんは恵比寿顔《えびすがお》になってまた微笑んだ。
下川くんが歩き出す。新しい場所に向かって、改札の向こう側へと進んでいく。
こちらを振り返ると、下川くんは大きく手を振った。僕も振り返した。
「次に、次に会う時までには」
恥ずかしがり屋の下川くんが、僕に向けて大きな声を上げる。
「ボクも、変わってみせる。そして、日野さんみたいな素敵な恋人を作れるようにする
から。その時は一緒に、恋バナしよう」
僕はその言葉にただ、「うん」とだけしか答えられなかった。
家に帰るとキーボードを打つ音が響いていた。父さんはまた小説を書いているようだ。
これが僕の日常なんだという気がして、低い天井を仰いだ。
瑣末《さまつ》な家事をこなしていると昼になった。あまり食べたくなかったが、二人分の簡単
な食事を用意し、父さんと二人でもそもそと食べた。

昼からは脱力してしまい、自分の部屋の布団で横になる。携帯電話を見るとメールを受信してランプが光っていた。

下川くんだろうかと手に取ると、綿矢からのものだった。

メールも読まず返信もしなかった。そういう一日だった。

4

月曜日、二時間目の休み時間。

下川くんがいない教室を広く思っていると、誰かからの視線を感じた。元を辿ると教室の外に、憮然《ぶぜん》とした顔付きの綿矢がいた。

不機嫌そうに腕を組み、僕の視線に気付くと手招きをする。

どんな感想も浮かばないまま廊下に向かう。

綿矢を先頭にして、二人の足は初めて会話を交わした廊下の隅へと進んでいた。

「メール、なんで無視するかな」

綿矢が立ち止まり、振り返った後に問う。

「ごめん、メールくれてたんだ。携帯なんて普段チェックしないから、気付かなくて」

「まだ読んでないってこと？」

「鞄に入りっぱなしになってると思うから、また後で読むよ」

内容には目を通していないが、メールが送られてきたことは知っていた。

どうして僕は嘘をついているのだろう。他人事のようにそう思っていると、綿矢がこめかみ辺りの髪をかき上げる。形のいい耳が露《あら》わになった。

「いいよ。それじゃ意味ないし。その、あれだ……真織と何かあった？」

尋ねられた僕はごく自然に、なんでもないように応じた。

「日野と？　いや別に。土曜日に公園でデートして、ちょっと早めに別れたけど、何かあったの」

そう言ってのけた僕を、綿矢は推し量るような目付きで眺める。

「私と真織、休日とかの会わない日も電話で話してるんだ。土曜の夜にも電話してたんだけど、真織の様子がちょっとおかしくてさ」

「様子がおかしいって、どんな風に？」

「やたらと口数が多い」

「それ、普段の日野なんじゃない」

「違う。あの娘は辛いこととか悲しいことがあると、口数が増えるの。そういうの昔から分かるし、たぶん外してない」

その真剣な様子から、綿矢がいかに日野を大切にしているかが伝わってきた。

ただこうして聞いてくるということは、日野は僕たちが恋心と病気を告白したことや、それらを手帳などに書かないでくれと僕が頼んだことは、綿矢に話してないのだろう。

しかし、手帳や日記にはどうだろうか。残してはないだろうか。

「仮にそうだとしても、それに僕が関係してるのかな」

なぜ、こんな嫌な言い方をしているのか。今日の僕は少し変だ。

綿矢も怪訝に思っているのか、軽く眉をひそめた。

「真織の家、なんていうのかな……すごく真織を大事にしてるし、それは別に過剰ってわけじゃなくて、毎日同じというか、とにかく家族関係の何かじゃないと思うんだ。だとするとイレギュラーな要素は神谷ってことになるんだけど」

改めて日野の状態を思い知る。言葉を選んだ綿矢の話し方で、日野が障害を負い、それを隠していることがリアルなこととして僕に伝わってきた。

そして綿矢が日野の障害を隠すようにまた、僕も事実を隠した。

何もなかったフリをした。

「土曜日は、別に変なことはなかったと思う。でも、人の心は覗けないから。日野とは今日の放課後も会うし、それとなく尋ねてみるよ。綿矢もよかったら一緒にどう」

「私は……いや、いいよ。というかごめん。前の時もそうだけど、ちょっと私、変だよね。でも真織と会って様子がおかしかったら、教えてくれるかな。今のところそういう雰囲気はないけど、神谷は真織の恋人だし、直接会うと違ったりするかもしれないから」

「分かった」

二時間目の休み時間は、そうやって終わっていった。

他の休み時間は特にすることもなく、家での自由時間を増やそうと出された宿題を片付けたり予習や復習をしたりしていた。

下川くんがいなくなってからの休み時間の方針が、そこで出来たように思う。

例のアイツを見ると、僕と同じように一人でペンを動かしていた。

放課後がやってくる。僕は人がいなくなった自分のクラスで日野と再会した。

「あっ、私の彼氏くん、みっけ」

記憶障害になる前、日野は僕のことをほとんど知らなかったと言っていた。

今の彼女は僕が僕であることを、多分、写真で見分けている。仮にここに僕の代わりによく似た誰かがいて僕のフリをしたら、それに日野は気付かないだろう。

そんな埒《らち》もないことを考えながら日野を迎えた。

「やぁ、マイハニー」

「え？　そういうの、確か嫌ってなかったっけ」

そういった細かいことも日野は手帳などで残しているらしい。別に確認しようとして言ったのではなく、どうにかして自分を明るくしようとして口にした言葉だった。

「うん。頑張ってやってみた」

「だから顔が引きつってるんだね」

面白がるように言葉を返した日野は、続いて僕の顔をマジマジと見つめる。

この反応をいつもは訝しく思ったものだが、今はそういうこともない。

僕が熱心に見返していると、「おや」といった表情を日野が作った。

僕は不自然にならないように気をつけながら、口角を上げて言う。

「土曜日」

「え？」

「土曜日は、ありがとう。楽しかったよ」

ほんの少しだけ間が空いたが、日野はそれから大げさに応えた。

「あ～はいはい、私もだよ！　お弁当、美味しかった。本当なら、彼女としてここはお弁当のお返しでもしたいんだけど、ごめん、私そういうのすっごく苦手でさ」

「うん、そんな気がする」

「ええ？　失礼しちゃうな」

「自分で言ったくせに」

「自分で言うのと人に言われるのでは、意味合いが違うのです」

真水のように作為のない日野の笑顔を見て、思う。

日野はどうやら約束を果たしたようだ。

僕が彼女に好意を伝えてしまったことや、日野が自分の病気を告白したことを、手帳や日記に残していない。多分、それは安心していいことなんだろう。

僕は自分の恋心を告げず、日野の病気に気付かないフリをする。日常の些細《ささい》な違和感もあえて追及せず、そのままにする。

それがきっと、日野が求めているもののはずだ。

「それで彼氏くん、今日はどうする？」

出会ってしばらくは彼氏くんと呼ぶのも、名前を呼び慣れていないからかもしれない。

「彼女さんは何がしたいんですか？」

「私？」

「そう」

「ん〜、あっ、あれ！　自転車に二人乗りしてみたい。恋人同士の夢じゃん」

僕は自分のことが少し心配だった。日野と再会した時にいつもの自分でいられるか、不安でもあった。でも、なんてことはない。

日野の無邪気な物言いに、知らず笑顔になる。もう僕は、自分をすっかり転換させなくてはならない。週末のことを引きずっていてはだめだ。

それが自分が決めた道のはずだった。彼女を好きでい続ける。傍にあり続ける。

だけどその想いは、彼女に告げることはしない。

「二人乗りは違反行為だからだめだよ。もっと健全なもの」

「じゃあ、制服デートとかは？」

「まぁ、いいんじゃない。でも、学校帰りでどこに寄るの？」

「ファミレス！」

その即答ぶりに笑みは自然と出てくる。凝り固まっていたものが柔らかくなっていく。

彼女の前にいると僕は喜んでしまう。それは否応《いやおう》ない感情の塊だった。

擬似恋人であったとしても、何も変わらない。僕が喜んでしまうこと。僕が日野を好きであること。何も変わらない。ただこの心一つ以外に、見返りなどなくていい。

「善処します」

「って、しまった。お金かかっちゃうけど大丈夫？　もちろん、自分の分は自分で払うし、本当なら付き合ってくれたお礼に奢ってもいいんだけど」

「それなら大丈夫。臨時収入があったから平気だよ。他にはないの？」

「ゲームセンターでイチャイチャする」

「イチャイチャはしないけど、クレーンゲームとかやるのならいいよ」

「水族館に行く」

「それは休日だね。おーけい」

「遊園地とかにも行ってみたり？」

「いいんじゃない」

「あとは、あれだ、カラオケ！」

「綿矢も誘うのならいいよ」

「二人じゃだめなの？」

「だって、個室に二人だし。なんか、照れるっていうかさ」

「没落貴族くんはシャイボーイだったんだ」

「はいはい、ほら他には？」

「あ、図書館デートとか、一緒にテスト勉強もしてみたいかも」

そんなにもしてみたいことが日野の中にあったことに、僕は驚きを隠せなかった。

日野は夜眠ると、その日にあったことを全て忘れてしまう。日々を積み重ねていくことが出来ない。それはいったい、どれだけの絶望だろう。どれだけの苦しみだろう。

自分だけが時間に取り残され、そればかりでなく未来を奪われている。

なら僕は、明日の日野が少しでも日常を楽しいものだと感じてくれるように、彼女が綴る日記を楽しい思い出で一杯にしよう。

それを読んで、明日の日野たちが少しでも勇気が出るように。

少しでも、未来への恐怖が和らぐように。

「結構出揃ったね。それじゃ、それを一つ一つやっていこう。まずはそうだな……よし！　折角だ、今日は自転車の二人乗りってのをしてみないか？」

僕が乗り気を感じさせる口調で言うと、日野は驚いた様子になる。

「え、いいの？　というか透くんも電車通学だよね。自転車どうするの？」

新しい、楽しい日常を始めよう。それこそが希望と呼べるものに違いない。

なぁ、そうだろ、日野？

考えのある僕は、普段ならしないような表情でニヤリと笑ってみせた。

誰かを好きになることは豊かなことなんだと、そう告げるように。

5

ひと気がなくなった学校の駐輪場に、二人でこそこそと近づく。

僕も日野も電車通学なので、自分たちの自転車はそこにはない。しかし、クラスメイトが以前話していたことになるが、うちの学校の駐輪場は管理が雑らしい。

そのため、上級生が卒業するたびに置いていったものか誰かが放置自転車を盗んできたものかは分からないが、鍵もかけられずに放置されている自転車が何台かあるらしい。

日野と協力してそれを見つけ出そうと目を光らせる。

少し時間はかかったが、なんとかそれは見つかった。

「でも透くん、これ、タイヤに空気がないよ」

僕は今、自分が出来ることならなんでもしたいと、本気でそう思っていた。

そうやって、彼女の日記に楽しいことを増やしていくのだ。

自転車は見つかったはいいが、空気が抜けていることに落胆する日野に言ってのける。

「安心するんだ、日野。お前の彼氏が頼りになるってところ、見せてやるからさ。パンクしてたら直せばいいし、パンクじゃなかったら空気入れを借りればいいだけの話だ。そうだろ？」

「どうしたの突然？　なんか、頼《たよ》り甲斐《がい》あるね」

任せておけと、僕は不敵に微笑んでみせた。

日野とともに用務員室を訪れ、さっそく空気入れを借りてくる。

だが、タイヤに空気を送り込んでもすぐに抜けてしまう。

本来なら用務員さんに頼めばパンクは修理してくれるが、どこの誰の物かも分からない、通学シールが貼られていない自転車だ。頼んでも直してはくれないだろう。

そこで僕は自分で直すことにした。

日野にハサミと両面テープがないかを尋ねると「確か、教室の先生の机の中にあった気がする」と答えた。僕が欲しいバケツも自分の教室にある。

僕らはいったん、それぞれの教室に戻ることにした。

「ねぇねぇ。何するの」

下駄箱で上履きにはき替え、二人で足早に廊下を歩く。その歩調と同じように弾んだ声で日野が尋ねてくる。

「面白いこと」

口角を上げ、僕はそれに簡潔に答えた。

自分の教室に戻ると僕は掃除用ロッカーを開け、バケツを拝借して廊下に出た。

廊下の中ほどで日野と合流する。企《たくら》みを秘めた人間特有の笑みを向けると、彼女も同じように笑った。日野も目的の物を見つけたようだ。

途中でバケツに水を汲《く》み、二人で駐輪場に急ぐ。車輪からタイヤを外し、バケツの水に浸した。気泡によってパンクしている箇所が分かる。

日野にはその間、僕が使用しているクリアファイルをバンドエイド程度の大きさにハサミで切ってもらい、片面一杯に両面テープを貼り付ける作業を頼んだ。

あとは簡単だ。その小さく切ったクリアファイルをパンクしている箇所に貼り付け、周りを両面テープで補強し、タイヤを車輪に戻す。空気入れを用いて空気を送る。

しばらく経っても、今度は空気が抜けない。タイヤも強度を保っていた。

「おぉぉ！　器用！　すごい、私の彼氏くん、すごい」

僕はパンパンと手を叩き得意げにしてみせる。日野は目を輝かせて自転車を見ていた。伊達《だて》に貧乏をやっているわけじゃない。こういう知恵ならいくつか備えていた。

「さて、じゃあ日野、やりますか」

ただ、楽しいことは自転車のパンクを直すことじゃない。その先にある。

僕の意図に気付いた日野が、ニヘラっと口元を緩めた。

「お、あれですな？」

そんな日野に向け、笑顔を作る。

「えぇ、あれです」

すると日野は、その笑顔に満面の笑みで以《もっ》て応じた。

「いいぞぉお！　いけいけぇ〜〜！」

僕たちは今、通学路から外れた田んぼ道で自転車を二人乗りでかっ飛ばしていた。

僕がサドルにまたがって全力でペダルを回転させる。日野は後ろの荷物置き場に腰を下ろし、外に向けて足を揃えていた。片方の手は僕の腰に回されている。

道路交通法違反だ。正確にいえば確か、道路交通規則違反だ。

警察や先生に見つかったら注意は免れない。おまけに自転車は盗品かもしれない。

だからこそ通学路から外れた道を選び、今、こうして疾走している。

「すごい、すご！　はやぁぁい！」

日野が興奮して声を上げる。

あまり鍛えていない脚力を恨めしく思いながらも、それでも全力でペダルを漕《こ》ぎ続《つづ》ける。懸念していたタイヤも、空気が漏れてくる気配はない。

盗品かもしれない自転車の荷台に女の子を乗せ、二人乗りで道路を突っ走る。

そんなことが出来ている自分に驚く。本当に、こんなの自分じゃないみたいだ。

思えば僕はこれまでの人生で、無駄に冷めていて馬鹿なことをしたことがなかった。

つまりは地味に生きてきた。

だけどそんな生き方では、日野の日記を楽しくは出来ない。

だからこれからは彼女が望むことならなんでもしようと、無茶でもしようと思えた。

誰のものかも分からない自転車で二人乗りをして、声を二人して張り上げるような。

そんな、無茶なことを。日野が楽しいと思えることを。

「日野、動画撮らなくていいのか」

息が上がっているのを隠しながら、風の音にまぎれないように大きな声で尋ねる。

「えぇ？　あ、動画ねぇ！　よぉし！」

後から確認したが、その動画は画面が揺れていて見られたものではなかった。

でも、日野が楽しそうに叫び声を上げていることは分かる。

時折、背後を窺うニヤけ面の僕が映っていることも。

それから日野に請われるままに道路を何往復かして二人乗りを満喫した後は、元の場所に自転車を戻すことにした。

日野は僕を荷台に乗せて学校まで運ぶと言ったのだが、女の子の体力では限界がある。学校付近では先生に見つかるおそれもあり、自転車を押して帰った。

自転車を駐輪場に戻してからは二人して駅まで歩く。日野は終始はしゃいでいた。

「明日はどうする？」

夕日が家路を染める中で僕が尋ねると、日野は軽く眉を上げた。

「明日って？」

「明日の放課後だよ」

「んん〜〜、明日かぁ」

日野はそこで思案するような唸《うな》り声《ごえ》を上げる。自然と僕は頬が緩んだ。

「明日の日野も、僕が楽しませてあげるよ」

それは少し大胆過ぎる言葉であり、日野に何かを勘繰《かんぐ》らせる言葉でもあった。

「え？」と驚いた声を上げ、日野は僕の目を見つめる。僕の中から何かを覗こうとしていた。「どうしたんだ？」と僕が尋ねると、慌てて目をそらす。

「う、ううん。なんでもない」

「まぁ、明日の放課後までに決めておいてよ。その時になって決めてもいいし」

「なんだか透くん、ちょっと変わった？」

その質問はつまり、手帳や日記に書かれていた僕の人間性と今の僕との間に、なんらかの違いが生まれたということだろうか。その相違が嬉しかった。

今日の日野は、僕が彼女の障害を知っているなんて思いもしないんだろう。

「どうだろう。最近、純粋に日野と遊ぶのが楽しいからさ。それで少し、変わったように見えるんじゃないかな」

「う〜ん、そうか。人間って面白いね」

感想を漏らすと日野はスマホを取り出して操作する。ちらっと見えたが、彼女がしたいと言っていたことが羅列されていた。僕は視線を外しながら言う。

「例えばだけどさ、また明日、自転車に二人乗りしてもいいんだからね」

「え？ でもそれ、二日連続だと透くんがつまらなくない？」

「二日連続って、それは日野にとってもだろ」

「あ、うん。まぁ、そうなんだけどさ」

僕は奇妙な満足を覚えながら、口元を和らげた。

「別につまらなくないから。気を遣わないでよ。日野とならどんなことでも楽しいし。

とにかく、日野が明日やりたいことをやろう。それでいい？」

「うん！」

結局、翌日の放課後も僕たちは自転車で二人乗りをした。

今の日野は毎日が一度きりの日野だ。

日野は二人乗りを初めての体験として、昨日と同じように笑っていた。

自転車を直す手間が省けた分だけ楽でもあり、二日連続でも日野となら飽きなかった。

三日連続になった時は驚いたが、昨日の日記を読んだ今日の日野が、我慢できなくなってのことかもしれない。それならそれで喜ばしいことだ。

唯一違う点はその日は綿矢も一緒にいて、僕たちが声を張り上げて二人乗りをする姿を呆れたように、でも微笑ましそうに眺めていたことだ。

綿矢が笑いながらこんなことを言ってくる。

「そこの不良少年と不良少女、自転車の二人乗りは道路交通規則に違反しています。今すぐ降りなさい。繰り返す、自転車の二人乗りは違反だ。今すぐ降りろぉ！」

そんな綿矢に日野は、大きな声で返した。

「取引がありま〜す」

「なんだぁ、条件を言ってみろぉ！」

「泉ちゃんも二人乗りさせてあげるので、大目に見てくださ～い」

「貴様《きさま》ぁ、賄賂か。贈賄でしょっ引くぞ。しかし、その取引はやぶさかではなぁい」

自転車の漕ぎ手を日野へと交代し、綿矢が荷台に腰を下ろす。日野がペダルを漕いで走り出したのだが、速度が出ない。

「馬力が足りないぞ、真織」

戻って来て息を整えている日野を見ながら、思わず僕は言う。

「ニンジンでも前に垂らしてみるか？」

すると息をぜぇはぁと吐きながらも、日野が楽しそうに応じた。

「う、うわぁ。じ、自分の彼女に、なんてこと言うんだ、この人は」

それから先は綿矢に促され、僕が漕ぐことになる。綿矢は背後で歓声を上げていた。

少し休んで回復したらしい日野が、楽しそうに抗議の声を上げる。

「浮気現場を目撃、浮気現場を目撃。そこの不良少年と不良少女、今すぐ自転車から降りなさい」

「ごめ～ん、真織ぃ。この没落貴族は私が貰っていくねぇ。愛の逃避行は、誰にもとめられないのだぁ、やっほぉ！」

「透ぅ～、子々孫々に至るまで、呪ってやるからなぁ！」

僕は日野の呪いごとを聞きながら、楽しくなって笑ってしまった。

仰げば空は、物語から切り取られた一枚絵のように茜色に燃えていた。

6

その週の放課後は自転車で楽しみ、土曜日には三人で水族館に行くことになっていた。集合場所は都心。ターミナル駅前にある時計台に、午後一時の約束だ。路線の都合上、そのターミナル駅を経由する必要はあるが、水族館はそこから地下鉄で十五分の距離にあった。

館内にはお弁当を食べられる大きな広場もあるらしい。遅めの昼食になるがそこは各自調整することにして、三人分のお弁当を僕は用意し、約束よりも三十分以上早くターミナル駅に到着した。

駅には商業タワーが直結している。十三階にある書店は品揃《しなぞろ》えも良く、都心に出るなら久しぶりに覗いてみようという気になったからだ。

ピクニックバスケットを持つという異質さを放ちながらも、少しばかり込み合った大型のエレベーターに乗り込む。目的の階で降りて書店に向かおうとした。

だがフロアはいつもと違い、人が所々で集まって話をしていた。皆、本を手にしている。イベントでもやっているのかと訝しみつつ、近くに貼られていたポスターを見た。

どんな心の準備もなくそれを目にしてしまい、僕は茫然と立《た》ち竦《すく》む。

「西川景子　芥河賞候補作　発売記念サイン会」

その意味を悟った時、ぞわりと体が震えた。

わずかな逡巡の間を挟むと、僕の足は真っ直ぐ書店へと向けられていた。

近づくにつれ、整列を促す書店員さんの声が聞こえてくる。サイン会は店の中ほどで行われているらしく列が出来ていた。

今月の文芸界では告知されていなかったのに、ネットでは発表されていたのだろうか。

しかし、西川景子がいるであろう場所は、店内を迂回《うかい》して行けないこともなかった。動悸《どうき》を覚えながら回り込む。同じ考えの人が多いのか、サインの列とは別に沢山の人が層をなしていた。人を掻《か》き分《わ》けるように、じりじりと前に進む。

場違いな荷物を持つ僕を迷惑そうに見る人もいたが、申し訳ないが気にしてられない。

少しずつ確実に歩を進めていく。目的の場所には近づきつつあった。

サイン場所への進入禁止柵としてか、黄色いテープが周囲に張られているのが垣間見える。もう少しもう少しだ。ついに黄色いテープの直前まで来た。そこで僕は目にする。


作家の西川景子が、僕の姉が、そこにいた。

僕は喉がカラカラに渇《かわ》いていた。姉さんはパイプ椅子に腰かけ、並んでいる人から差し出された本に長机でサインをしていた。黒いスーツを着た女性が傍に控えている。

見慣れない笑顔を、本を購入してくれた人に向けていた。

「ありがとうございます」

感謝の言葉を述べ、本を返して握手をする。本を受け取った人と話すと、その人は頭を下げて満足そうな表情で離れていった。その流れを僕は黙って見ていた。

すると姉さんが突然、何かに気付いたのかこちらに目をやる。

「……………透？」

僕はこんな時、どんな顔をするのが正解だったんだろう。

微笑もうとして失敗したような、そんな間抜けな顔をさらしていたと思う。

次に姉さんの、いや、西川景子のサインを求める人が前に進む。

それでも姉さんは僕に視線を注いでいた。傍にいたスーツの女性が困惑したような表情を浮かべ、姉さんに話しかける。

「どうしました」

「え……あぁ、いえ」

躊躇《ためら》うような素振りを見せた後、並んでいる人に姉さんが笑顔を向ける。「ごめんなさい、少し」と言うと、スーツの女性に耳打ちをした。

スーツの女性は驚いた様子だったが、僕に視線を送ると頷いた。

西川景子だけがサイン会の営みに戻る。姉さんよりいくつか年上に見えるその女性が、テープの外にいる僕の元へと近づいて来た。

「こんにちは。弟さん、なんだって?」

「あ……その、はい。そうですけど」

「予想以上に長引いちゃって。あと一時間半もすれば終わると思うから、お茶でもして待っててくれない? お姉さんがこのあと少し話したいみたい。なんなら場所は――」

タワー内にあるらしい喫茶店の名前と場所を教えられ、僕は首を縦に振った。

「分かりました」

スーツの女性は微笑むと姉さんを一瞥《いちべつ》する。戻って長机に積まれた本を手に取り、僕のところに来て「よかったらこれ」と発売中の姉さんの本を渡してくれた。

それから再びスーツの女性は笑顔を見せると、サイン会に戻っていった。

僕と彼女の話を聞いていたであろう周囲の人が、興味深そうに視線を向けてくる。それらの視線を振り切ると、僕は黄色いテープの前から姿を消した。

一時間半後……か。

咄嗟に応じてしまったが、日野と綿矢との約束がある。考えがまとまらないまま人で込み合った書店を抜けた。エレベーターに乗り、一階まで下りる。

外に出て新鮮な空気を肺に入れ、約束の場所である時計台へと足を運んだ。

時刻を確認するとまだ十分近くあったが、人で沢山のそこには既に綿矢が来ていた。

「あれ、神谷？ 早いじゃん。というか知ってる？ 上の書店で西川景子のサイン会やってたよ。本屋を覗こうと思ったらすごい人で、びっくりしちゃった」

「その……西川景子って、僕の姉さんなんだ」

「あぁ、そうなんだ。それにしても人多すぎて……え？ 今なんて言った」

今さら冗談だとも言えず、曖昧に微笑む。

雑踏の中、沈黙を保ったまま僕らは見つめ合った。

「ごめん。サイン会があるなんて知らなくて、さっき行ったら運よく話せたんだ。ちょっと、久しぶりの再会でさ。サイン会が終わったら、また話すことになって」

言《い》い淀《よど》んでいると、綿矢は意図を察してくれたようだった。

「そっか……。まぁ、色々あるよね。分かった。私たちは気にせず話してきなよ」

その気遣いに感謝しながらも一度俯いた後、顔を上げる。

「日野にも事情を話そうかと思ったんだけど。頭が混乱してるというか、申し訳なくて会いにくいっていうか、そんな感じでさ。綿矢から伝えてもらっても、いいかな？ あ、これお弁当。よかったら食べて。三人前で多いかもしれないから、無理に全部食べなくてもいいからね。僕も姉さんとの用事が終わったら、必ずそっちに向かうから」

姉さんのバスケットを綿矢に渡す。女の子には重いから床に置いてもいいと言ったのだけど、「大丈夫だって」と綿矢は応じた。

「真織には私の方から上手く言っておくから、気にしないでいいよ。お弁当も遠慮なく頂くね。というか、神谷のお姉さんが西川景子だってこと、真織に伝えても大丈夫？」

「それは、大丈夫。誰かに言いふらすような人じゃないし。何より、僕の恋人だからね」

「恋人……ね」

綿矢は物言いたげな目で僕を見ていた。ふっと頬を緩めると、彼女が言う。

「最初はお互い冗談とか、そういうので付き合ったのかと思ったけど、なんか神谷、最近ちゃんとしてるよね。うん、ちゃんとしてる。真織を喜ばせようとしてる。私には、ちょっと気を遣い過ぎにも見えるんだけどさ」

綿矢はそこで、探るような物言いをした。日野の障害を知ってるんじゃないのか、気付いてるんじゃないのか。そういう含みをわずかに感じた。

だから僕は、はっきりと告げた。

「日野には、言っちゃだめだよ」

「え？　なに」

「僕、本気で日野のことが好きなんだ。何を当たり前にって、そう思われるかもしれないけど。本気で、好きなんだ。だから自分が出来ることなら、どんなことでもしてあげたい。いや、あげたいって言葉は傲慢《ごうまん》だね。したい。彼女が喜ぶことなら、どんなことでもしたい。そう思ってるんだ」

真面目な顔と口調になって告げると、綿矢はしばらく言葉を失くしていた。

「どうして、そのことを真織に伝えちゃだめなの」

「決まってるだろ。恥ずかしいからだよ」

「そんな柄《がら》じゃないでしょ。ねぇ神谷。あんた、ひょっとして」

波のように寄せ続ける駅前の雑音が、一瞬、引いたかのような錯覚に陥る。

「知ってるんでしょ、真織のこと」

揺れ動く瞳を持つ、綿矢泉という女の子を眺めた。

思えばこれは、当たり前の帰結だったのだろう。

「うん、知ってる」

綿矢は真意を測ろうとしてか、真っ直ぐに僕を見つめてきた。

「どうして知ってるの？　真織が話した……わけ、ないよね」

「いや、日野が教えてくれたんだ。だけど僕はそのことを、手帳や日記に書かないでくれって頼んだ。今日の日野は……僕が記憶障害を知ってることを、知らない」

綿矢が珍しく動揺しているのが見て取れた。そんな綿矢も、僕と日野が擬似恋人であることには気付いていない。あの三つ目の条件にしても、気付きようがないはずだ。

「僕が知ってることも言っちゃだめだからね」

笑うことで僕はその場を誤魔化すと、背中を向けてエレベーターホールを目指した。

雑踏の中、不特定多数の一人になった僕を綿矢がいつまでも見ているような気がした。

7

六月九日（月曜）

自宅での朝‥変わりなし。

学校のホームルーム‥期末テストのこと。先生の冗談など（特筆すべきことなし）。

一時間目の休み‥泉ちゃんから土曜日の公園デートについて尋ねられる。特に気になることは書いてなかったけど、日記の内容をそのまま伝えた。泉ちゃん訝しむ。

二時間目の休み‥泉ちゃん出て行く。多分、私の彼氏くんのところ。鈴木《すずき》さんから放課後の予定を尋ねられる。用事があって、と曖昧にする。ちょっと不満そうだった。お喋りで盛り上がる。彼女が好きな実況動画などのこと（「手帳」の人物欄に追記）。なんとか挽回か？

三時間目の休み：泉ちゃんに二時間目の休み時間のことを尋ねる。どうにも彼氏くんに誤魔化された気がすると答えた。やはり彼氏くんに会いに行っていたようだ。しかし、私の日記に特に何も書いてないのなら、泉ちゃんの勘違いかもしれないとのこと。

四時間目の休み：泉ちゃんと話す。あっという間に六月だね、まぁ私からすると全てがあっという間のことなんだけどさ、とボケてみる。それ二回目、と楽しそうに指摘された。このギャグは要注意（「手帳」の人物欄に追記）。

昼休み：泉ちゃんとランチ。泉ちゃんは手作りＢＬＴサンド。じゅるり。

五時間目の休み：泉ちゃんは最近、紅茶にはまっているらしい。没落貴族くん（私の彼氏くん）の家で飲んだ紅茶が美味しかったとのこと。それ、私も飲みたい。

放課後：彼氏くんのクラスに顔を出す。マイハニーと恥ずかしそうに呼んできた。嫌だったんじゃないのと尋ねると、頑張ってみたと言う。ほほぉ、なかなかに可愛い。

土曜日のお礼を言われる。私が料理が苦手なことを謝ると、それっぽいと言われた。む、失敬な。

それから今日は何をしようかと相談したら「彼女さんがしたいことをしよう」とのことだった。自転車で二人乗り、ファミレスやゲームセンターで制服デート、カラオケ、休日に水族館、遊園地。色々と提案したが自転車の二人乗り以外はＯＫだった（ただしカラオケは泉ちゃんも誘う前提で、二人で個室は恥ずかしいらしい）。彼氏くんは臨時収入を得たとのこと。

そして違反行為だからだめだと言っていたのに、今日は自転車で二人乗りをしようということになった。彼氏くんについて情報修正が必要か。こやつ、意外にノリがいいぞ。

駐輪場に置きっぱなしになっている自転車を見つけるも、タイヤの空気が抜けていた。私が落胆していると彼氏くんが言う。

「安心するんだ、日野。お前の彼氏が頼りになるってところ、見せてやるからさ」

ちょっと、いや、かなり驚いてしまった。

彼氏くんがタイヤの修理に乗り出す。私も協力した。ハサミと両面テープを探してクリアファイルを小さく切ったのだ。なんじゃそりゃ。

でもそのクリアファイルを使って、彼氏くんはパンクを直してしまった。すごい。先生や警察に見つからないように、少し離れた田舎道で二人乗りをした。彼氏くんが全力で漕ぐ。面白い。風がすごかった。思い出しても楽しくなる。青春だ。朝の絶望が嘘みたいだった。すごいぞ私。偉いぞ私。よくぞ彼氏くんと付き合った。記憶に障害があっても、毎日をこんな風に楽しく過ごせるのかもしれない。二人乗りは少しの怖さもあり、お腹の底から変な笑いが飛び出た。彼氏くんも笑っていた。その様子も動画に収めた（スマホの「彼氏くん」フォルダ参照）。

二人乗りを満喫した後は、自転車を押して学校に帰った。明日のことを尋ねられる。

「明日の日野も、僕が楽しませてあげるよ」

びっくりした。障害のこと、勘付いているのだろうか。いや、さすがにそれはないか。彼氏くんからは、特に私を変な風に思っている気配はなかった。

なんだか変わったねと言ったら、私と遊ぶのが純粋に楽しいからだと応じてくれた。やめろ、その笑顔は私に効く。

昨日まで見ず知らずの人だったのに不思議な気分。

この不思議さは、日記を見る限りどうやら毎日の私が味わっているようだ。

明日も自転車に乗りたければ、それでもいいと言われた。二日連続でも気にならないとのことだ。今の私の唯一、いいところ。新しいことはいつも新しい。

何度でも新しいことを新しいことのままに、楽しめちゃう。

ちょっとポジティブになれたよ。彼氏くん、今日もありがとう。


土曜の朝、最近の日記を朝食後に読み始め、少しばかり乙女な内容に恥ずかしくなる。自分がそんなに浮かれることがあるなんて、思いもしなかった。

翌日の日記を見ると、その日も私は自転車に乗ってはしゃいでいたようだ。更にその翌日は泉ちゃんを誘って彼氏くんと自転車を乗り回している。あまりにも毎日の私が無邪気に楽しそうにしていて、恥ずかしくはあるのだけどつい笑ってしまう。

手帳で「彼氏くん」のページを再確認した後、スマホを手に取りメディアフォルダの一覧を表示させた。本当に「彼氏くん」という名称のフォルダが新しく出来ていた。開くと神谷透くんが映った写真や動画などが並んでいる。

そのうちの一つの動画を再生する。日付は月曜日のものだ。

私の嬌声《きょうせい》が聞こえ、映像は揺れる。黄昏色の景色が走るように流れていた。

日記にあった通り、自転車を二人乗りしながら撮ったものだろう。

ペダルを漕いでいる彼氏くんの顔がチラリとこちらを覗く。私は何かを言っていた。

当事者じゃなくてもその時の楽しさが伝わる、至極単純で、おばかな動画だ。

その動画を私は繰り返し見る。手作りの拙《つたな》い思い出が、私を微笑ませる。

ただその最中にふと気付いてしまう。静かな心で私はその感情の動きを認めた。

寂しさとも憧れともいずれとも形容しがたい感情が、私の底に流れていた。

〝今日の私〟は、その動画の当事者ではない。そこにわずかな寂しさがあり、楽しそうにしている〝昨日の私〟への、憧れに似たものがあった。

でも、だけど……昨日に負けない喜びや楽しさが、今日も保証されているのかもしれない。神谷透くんという、見慣れない名前の男の子によって。

わずかに口角が上がった。

よし、と自分を入れ替え、支度を始める。今日はその彼氏くんと泉ちゃんの三人で、水族館に行く約束となっていた。

心配するお父さんに近くの駅まで送ってもらい、そこから先は電車で都心に向かう。

到着時刻の関係もあって、集合時間の五分前には着いた。

目印にしている時計台の下には、バスケットを手にした泉ちゃんの姿が見える。

「あれ？　どうしたの泉ちゃん、森の中のおばあさんの家までおつかい？」

カゴを持っていることに関する冗談を言うと、いつもなら即座に反応する泉ちゃんが、ぎこちなく動揺しているような素振りを見せた。

「あ……うん。実はそうなんだ。コンバットナイフも隠してあるから、狼《おおかみ》が化けてたら身包《みぐる》みを剝《は》ごうと思ってる」

「身包みっていうか、毛皮だよね」

「今年の冬の流行を、先取りしようかと思ってさ」

クラスの皆から付いていけないと言われるやり取りをしながらも、疑問に思った。

体調でも悪いのだろうか。泉ちゃんは心ここに在らずといった様子で応じていた。

そしてそのバスケットが、写真で見た彼氏くんのものと似ていることに気付く。

「というか、それって彼氏くんのなんじゃ」

「え？　あ、あぁ、うん」

明らかに泉ちゃんが動揺していた。その理由は次第に判明する。

「実は……神谷がついさっきまでいたんだけど。アイツも家族のことで色々とあるみたいでさ」

泉ちゃんから一連の話を聞く。西川景子といえば彼氏くんが好きだという作家さんだ。

「そっか、お姉さんだったんだ。純文学とか詳しくないんだけど、有名な人なの？」

「今年の芥河賞、最有力候補」

「え、まじ？」

泉ちゃんが真面目に答え、その頃にはいつもの彼女に戻っていた。

「じゃ、ないかと私は思ってる。今回の出版だって、芥河賞候補になったから慌てて単行本化されたんだろうけど、前評判だけでもすごいからね。自分と世間との間にある溝を描くのが文学だと思うんだけどさ、それを――」

それからも泉ちゃんは熱心に、作品のことを評価していた。泉ちゃんは自分に厳しく人にも厳しい。その泉ちゃんが褒めるということは、よほどの作品なんだろう。

その作品を書いたのが、なんと彼氏くんのお姉さんだという。

「すごい気になる。どんな人なんだろう、写真とかあるのかな？」

「顔出しは一切してない。新人賞を受賞した時も雑誌に顔は載ってなかったから、よっぽど写真が嫌いなのかな。だから私も気になって見に行ったんだけど、言っちゃ悪いけど神谷とはぜんぜん似てない。クールな美人。サイン会場もすごい熱狂だよ。ありゃ今年の芥河賞に決まったら、相当騒がれるね」

「なるほど。彼氏くんのお姉さんは、クールな美人で泉ちゃんタイプっと」

「真織、お願いだからそれメモするのやめてくれない」

そういう事情なら仕方ないと、私たちは先に水族館に向かうことにした。

本当は噂のお姉さんを一目でも見たかったが、会場がそんな状態では難しいだろう。

水族館には地下鉄に揺られ、十五分ほどで着いた。中学生以来のことで、泉ちゃんと来るのは初めてとなる。

お弁当を先に食べるか尋ねたが、まずは館内を散策しようという話になった。お弁当が入ったバスケットを交代で持ち、入館した後は二人で魚を鑑賞していく。

忘れていく記憶。蓄積されない記憶に意味はあるのだろうか。

ネガティブな思考が一瞬だけ浮かぶも、色とりどりの魚が泳ぐ光景は童心に返らせ、心を洗ってくれるように感じた。

「あっ、いた」

そうやって鑑賞している途中で、何かを見つけたらしい泉ちゃんが声を上げる。

視線の先には、まるで鳥のように羽ばたいて水の中を進む灰色の魚がいた。

「エイ？　泉ちゃん、好きなの？」

「うん。言ってなかったけど私、すごく好きなの、エイ」

何か冗談を言おうと思ったが、泉ちゃんの真剣な様子を見てやめることにした。代わりに好きな理由を尋ねてみる。

「そうなんだ。どんなところが好きなの」

「海の、紳士。あの優雅な泳ぎ方」

言葉少なく答えては、子供のよう水槽に張り付いてエイを鑑賞する泉ちゃん。

その泉ちゃんが、こぼすように言った。

「どんなお父さんだよって思われるけど。別居中のお父さんに、ちょっと似ててさ」

彼女のことが、私は愛《いと》しかった。なんでもない顔をして付き合ってくれているけど、記憶障害を負った親友というのは面倒なものだと思う。

日記などではそのことについて、「やれることしかやってないし、やりたいことしかやらないから気にしないで」とか、「私が好きでやってることだよ。嫌いでやれなくなったらやらないから、それだけのことさ」などと書かれていた。

それで心の負担は少なくなる。でも、そういう私の心理的なことまで考慮し、計算した上で、目の前の心根も見目も美しい少女は言っているんだろう。

軽く見て回った後は、中庭のような開いた場所に足を運ぶ。ベンチに腰かけ、少し遅い時間になったが彼氏くん手作りのお弁当を頂くことにした。

三人前もあり、バスケットは結構重たかった。彼氏くんはこれをなんでもないように持っていたんだろうか。男の子だなぁと思う。

お弁当の中身を確認してびっくりした。

「うっわ。神谷、めちゃめちゃ凝ってる」

「本当だ。多分これ、先週のよりもすごいよ。ちょっと写真撮っておこう」

ちらし寿司《ずし》を主体にしたお弁当はカラフルで、彼氏くんの性格が伝わってくるように几帳面《きちょうめん》に盛り付けられていた。丁寧に焼かれた卵が綺麗な金糸《きんし》となり、買ってきたものかと疑うような本格的なマグロの漬けもあった。小松菜に白ゴマと、栄養のバランスもよさそうだ。取り分けやすいように長箸と紙のお皿も添えられていた。

二人で写真を撮る。さっそく取り分けて食べ始めた。具が沢山入っていて、口を動かす度に酢飯との絶妙なハーモニーが味わえる。嚙むのがとにかく楽しい。

途中で泉ちゃんが写真とともに彼氏くんにメールを送ってくれたが、返信はなかった。

バスケットの中には水筒も入っていて、中身をコップに注ぐと爽やかでフルーティーな香りが鼻腔《びこう》をくすぐった。多分これが、レディグレイというあの紅茶なんだろう。

「この香り、なんだか記憶にあるような気がする」

呟くように私が言うと、泉ちゃんが考え込む。

「記憶と香りの関係性、か……。なるほど、そういうのは覚えてるんだ」

「彼が淹れてくれたものなのか、もっと前のものなのかは分からないんだけどね」

ちらし寿司が美味しい上にお腹が空いていたこともあり、折角だし二人で全部食べちゃおうと、話しながら楽しんでお弁当を堪能《たんのう》した。

食べ終えるとご馳走様をし、また紅茶を飲む。

不意に、子供の歓声が耳朶《じだ》を打った。目を向けると離れた場所で、母親が子供に袖を引かれていた。父親がそんな二人を微笑ましそうに見つめている。

どんな準備もなく、言葉が私の口から素直に漏れる。

「今から十年後か、二十年ってことはないと思うけど、皆が結婚したとするじゃない？」

その親子を眺めながら言うと、泉ちゃんが私に視線を向けたのを感じた。

「私も……家族がちゃんと持てるのかな」

「どうしたの、急に？」

「ごめん。私の障害は治るのかなって、ちょっとだけ弱気になってしまったのです」

少しだけばつが悪くなって、笑ってみた。

泉ちゃんは静かに空を見つめる。

「そっか。まぁでも、私は多分結婚しないというか、出来ないと思うし。その時はその時で、楽しくやろうよ」

私に気を遣ってか、泉ちゃんはなんでもない口調でそう応じてくれた。

でも、そんなことはないと思う。異性や同性を問わず、泉ちゃんを隠れて好きな人は多い。ただ泉ちゃんは表面上の人付き合いはするが、簡単には人に心を許さない。

それは何か、お父さんが別居中だという家族のことと関係しているのだろうか。

そういった深刻な思いを誤魔化すように、私は冗談を言った。

「楽しくやろうって、いつまでも高校生気分の私と？」

「その冗談は初めて聞いた。面白い面白い」

「ありがとね、泉ちゃん。こんな私といてくれて」

「だから本当、気にしないでってば」

「自分が好きだからいてくれるんだもんね。好きじゃなくなったら、やらないんだもんね」

「うわ、なんかその台詞。ひねくれ者が言うみたいで格好悪い」

結局、返信がきて彼氏くんが目の前に現れたのは太陽が傾き始めている頃だった。

「ごめん、今日、約束破って。本当に」

水族館の外にあるベンチの近くで、私たちは落ち合う。

初めてマジマジと見た彼は息を荒げていた。駅から走って来たのかもしれない。

「走って来なくてもよかったのに」

私がそう言うと、彼氏くんは息を整えながら応じた。

「日野、本当に、ごめんな。あと、綿矢も申し訳なかった」

泉ちゃんはそんな彼を無言でじっと見つめていた。やがて仕方ないとでも言うように大きく息を吐く。

「まぁいいけどね。私は心が広いから、許してあげる」

「じゃあ心が狭い私は、彼氏くんとの次なるデートを所望します」

冗談めかした私の言葉に、彼氏くんは口元を優しく緩めた。

「分かった。日野、今度三人の予定が合いそうな時は遊園地にでも行こうか。入場料なら二人の半額持つよ」

　奢られることよりも遊びに行ける約束が嬉しくて、つい気安い言葉で応じてしまう。

「おっ、太っ腹ですな」

「半額ってところが、神谷らしいよね。まぁでも、奢りなんて気にしなくていいから」

　遅くなると私の両親が心配するという事情もあり、三人で地下鉄の駅に向かう。

「あ、そうそう。今日のお弁当もすっごく美味しかったよ。ありがとね」

　その途中でバスケットを彼氏くんに返す。彼はそれを受け取ると、少し儚さを感じさせる顔でまた微笑んだ。

　それからも地元に帰るまで、電車の中で三人で楽しくお喋りをした。

　彼氏くんと言葉を交わしたのはそんな短い間だったけど、不思議と心許せる、安心できる時間だった。

8

　スーツの女性に指定された喫茶店は、商業タワーの最上階にあった。

　通された席は窓際で、町を見下ろせる。こんな所を訪れた経験なんてなかった。

　姉さんを待つ間、緊張とともに紅茶を注文して、スーツの女性に渡された本を読むことにする。以前雑誌で読んだことがある作品だ。

姉さんのこと。綿矢に「知っている」と告げたこと。約束を破ってしまった日野のこと。色んな感情や気持ちが相まって落ち着かず、小説の世界になかなか入っていけない。それでも時間をやり過ごすために文章に向かっていると、ある時から集中して読み進めることが出来るようになっていた。

いつから……いつからだろう。

時間の感覚を失っていた。ふと顔を上げると、向かいの席には姉さんが座っていた。

「透、少しやせた？」

僕にとって、簡潔で優雅で暖かい存在。シンプルだけど、上品な青いシャツを姉さんは着ている。それが長い黒髪にも映えていた。

再会の言葉をどう紡げばいいのか分からなかった。あまりにも自然に姉さんは話しかけてくる。僕は泣きそうな顔で微笑んだ後、出来るだけなんでもないように応じた。

「どうだろう。体重計に普段乗らないから、分からないな。身長は少し伸びたと思うけど」

「そう。一度言ってみたかった台詞があるんだけど、いいかしら」

表情をあまり変えない姉さんがふっと微笑む。前置きを口に出すのも姉さんらしい。

「いいよ、なに？」

「ちょっと見ない間に、大きくなったわね。本に集中すると、周りが見えなくなるのは相変わらずだけど」

その台詞に苦笑してしまう。そして、懐かしい言葉遣いに胸が締め付けられた。

姉さんは古い小説の中の人物のような言葉遣いをする。

それもごく自然な調子で使うので違和感がない。久しぶりの感覚だ。

「姉さんも、変わりないようで」

「えぇ」

店に来て間もないのか、それから姉さんはウェイターに紅茶を注文した。一年半ぶりの再会となるのに、昨日別れ、今日再び会った人たちのような空気が流れていた。

「偶然だったの？　あの書店に来たのは」

尋ねられた僕は、その通りではあったが少しだけ戸惑ってしまった。

「うん。今日はちょっと、その……用事があってさ。そのついでというか、時間に余裕もあったから本屋に行こうと思ったんだ。西川景子のサイン会があって、驚いた」

「そうなの。それで、籐のバスケットを持ってどこに出かけようとしていたの？」

からかうような視線にさらされ、僕は慌てる。

「いや、学校の友達と、ちょっとね。でも大丈夫だから」

「女の子？」

「透も大人になったのね。だけど、その用事は本当に大丈夫だったの？　待たせてしまった上に予定を変更させてしまって、ごめんなさい」

「まぁ……うん」

「それは気にしないで。僕も姉さんと話したかったし。それで、あの本って」

断らなかった僕も悪いのだし、話を変えようと発売中の本について尋ねる。

聞けば、帯に「芥河賞候補作」と入るだけで売り上げが変わるらしく、急遽《きゅうきょ》出版されたもののことだった。そしてどうやら出版のことがネットで話題になっているそうで、サイン会にあんなに人が集まるとは思わなかったと言う。

「そっか。すごいよ姉さん。候補に選ばれたのを雑誌で見た時から、嬉しくてさ。もう少しで夢が叶いそうなんだね」

感じ入ったように言うと、姉さんは薄く笑った。

「まだ受賞するかどうか分からないから、気が早い。それに結局は、書き続けることの方が大切よ。芥河賞に選ばれても、その先を追えない人がほとんど。私は小説家として生きていこうと決めたから、賞よりも書き続けることの方が大事」

一呼吸置いた後、姉さんは続けた。

「家族を、透を犠牲にしてまで、していることだしね」

どこか自嘲するように言う姉さんを前に、僕は言葉を失くしてしまった。

体が丈夫でなかった母さんが心臓の病気で亡くなってから、家のことは全て、当時まだ中学一年生だった姉さんがやるようになった。

父さんは母さんのことで消沈していたし、僕は小学一年生に上がったばかりでなんの役にも立たず、それどころかお荷物になっていた。

掃除から洗濯、料理、ごみ出し、そして僕の面倒と、姉さんは家にいても休まることがなかった。

そんな姉さんの唯一の楽しみが、全ての家事が終わった後に読む、小説だった。

父さんは若い頃から物書きを志していて、我が家には沢山の古い本があった。姉さんはそれを読んで過ごしていたのだが、いつかそんな姉さんが僕に言ったことがある。

『私にとって本は、読むものというより、訪れる場所なの』

姉さんがいつから小説を書き始めたのか、正確には知らない。

でも父さんと僕が早々と寝入ってしまった日などには、こっそり何かを書いていたのは知っていた。それが中学三年生の時に、地方の文学賞の佳作に選ばれたことも。

だけどそのことを、姉さんはけっして父さんには言わなかった。母さんの喪失から立ち直りかけてきた父さんを刺激したくないというのが、その理由だったのだろう。

父さんはどうしようもなく弱い人間だった。

どうにか小説を書くことで生き甲斐を得ている、そんな人だった。

高校に入ってから卒業するまでの間も、姉さんは小説を書いていた。

高校を卒業すると、姉さんは自動車部品を製造する下請け工場の事務職についた。

本当は公務員になろうとしていたが、高卒の募集が近隣の自治体では数年行われず、仕方なくということだった。

働きながら、姉さんは父さんとともに家計を支えた。そして小説を書ける時間は減っていたけど、それでも姉さんは書き続けていた。未だに父さんが挑戦している文芸界新人賞に隠れて応募し、その年の六月に投稿した作品が十月の最終選考まで残った。芥河賞のための登竜門ともなっている賞だ。十代でそこまで進むことは滅多になく、快挙といってよかった。

受賞は逃したものの、担当の編集者が付くことになった。その編集者から色々と助言をもらっていたけど、姉さんが小説を書ける時間は限られていた。

朝は早くから起きて家のことをし、昼は仕事に向かい、夜は帰宅してから夕飯の支度をする。家事や父さんの相手をしたりして、一日一時間が執筆にあてられるかどうかといった具合だったと思う。姉さんは仕事をしていても家事には手を抜かなかった。

『お母さんから頼まれていたことだし、本当なら小説の方が余計なことなのよ』

そんなふうに言う姉さんは休日のあいた時間は倒れるように眠り、起きると家のことをしたり、時々は図書館に行っておそらく小説を書いていた。

姉さんと六つ違いの僕も、その頃には中学生になって半年が経っていた。

部活動などはあったけど、それでも少しは姉さんの役に立てる。

当時の姉さんが小説家の道を諦めようとしていたことを、僕は知っていた。父さんがいない時、家の電話で担当の編集者と言い争いをしていたことがあった。

信じられない思いだった。あの姉さんがだ。電話口で感情的になって言い返していた。

才能があるからといって、それで家族に迷惑はかけられません、と。

電話を切った後の姉さんの背中を、僕はよく覚えている。両肘を抱えるようにして、俯いていた。全てに絶望するような……そんな背中で。

『書いてよ、小説』

声をかけると、姉さんはその細い背中をびくりと反応させた。ゆっくりと振り向く。

『透……ううん。もう、いいの』

諦めようとして、でも諦め切れない声で姉さんは言っていた。

『よくないよ。家のことなら僕が手伝う、少しずつ覚えていくから』

『本当に、もう、いいの』

『よくない』

『どうしたの、透』

『姉さんは、僕が悪いことをした時は叱ってくれた。だから僕も叱る。そんな簡単に諦めちゃだめだ。お願いだから。夢だったんでしょ？　小説家になるの』

そう続けると、姉さんは無言で僕を見つめた。僕は必死になって言う。

『この家にだって、い続ける必要はないんだ。父さんの面倒なら、僕がみるから』

自分のちっぽけな人生で何か褒めるべき点があるとするなら、その言葉を言えたことだろう。ただまずいことに、僕はまだ小学校を卒業して半年の子供だった。

我慢していても瞳が熱くなり、涙がこぼれ落ちてしまっていた。

本当はとても怖かった。この生活から姉さんがいなくなってしまうことが。

それでも姉さんを応援したかった。

姉さんは躊躇うように視線を一度床に下ろした後、僕を見た。

『分かった。じゃあ、一緒に頑張ろう。私も、書くことを諦めないから……ね？』

それ以降、僕は一つ一つ姉さんから家事や料理のことを教わった。衛生感を大切にし、心がけること。それが姉さんが家事を行う上での一つの柱でもあった。

午後の六時頃に部活を終えて帰宅すると姉さんがいて、僕はその手伝いをする。

姉さんの仕事が忙しく、僕が家庭のことを覚えてきた頃には、部活を早く抜けてスーパーに寄って帰り、一人で料理の支度をした。お風呂も洗っておいた。

帰宅した父さんになんでもない顔で作った料理を食べさせ、お風呂に入らせる。

そんな時は、姉さんが帰って来るのを待つのが誇らしかった。

一年もすると、家事に関する大抵のことを僕は自主的にも学んで覚えていた。

姉さんの負担も減って、体を休めたり小説を書いたりする時間が増えた。

我が家にパソコンは父さんのもの一台しかない。仕事では使っていたみたいだけど、当時の姉さんは手書きだ。それに付き合うように、僕も学校の勉強をした。

そして、僕が志望していた高校に進学することが決まった、あの冬の終わりの日。

朝、姉さんが随分と早くに起きて何か支度をしていた。

父さんはまだ寝ている。当時、僕と父さんは同じ部屋で暮らしていた。

後で知ったことだけど、僕が中学三年生になった頃から姉さんは、徐々に退職の準備を進めていたらしい。

僕は父さんの隣の布団で横になりながら天井を眺めていた。静かに別れを悟っていた。

『行くの？』

父さんを起こさないように寝床を抜け、玄関で靴を履いていた姉さんに声をかける。

座っていた姉さんが立ち上がる。振り向き、その澄んだ瞳で僕をじっと見つめた。

『透……』

もう僕は、あの頃の子供ではない。我慢しても、ぽろぽろと涙がこぼれてしまうような年齢ではないのだ。ちゃんと見送り人に相応《ふさわ》しい言葉を言えた。

『いってらっしゃい』

僕がそう言うと、姉さんは荷物を手に取った。

『うん。いってきます。ごめんなさい……本当に』

『僕たちこそ、姉さんの可能性や時間を奪い続けて、ごめん』

『そんなことない。苦労、かけさせちゃうかもしれないけど』

『中学一年生から一人でやってきた姉さんに比べれば、なんでもないよ。いってらっしゃい、西川景子さん。応援してるから。ずっと、ずっと』

『ありがとう、透』

その日、姉さんは慣れ親しんだ団地から外の広い世界へと飛び立っていった。

西川景子という名前の新人作家の作品が文芸界新人賞に選ばれたのは、それから約半年後のことだった。

一年半後には、別の作品で芥河賞候補になっていた。

たった一年半のことだ。姉さんが口にした犠牲という言葉を否定したくて、僕は言う。

「犠牲だなんて、思ってない。姉さんはずっとやりたいことが出来なかったんだ。それが今ようやく出来て、僕は嬉しいよ。本当におめでとう、姉さん」

姉さんは自分を恥じるように俯いていたが、その言葉に顔を上げる。

躊躇いがちに間を挟んで、淡く微笑んだ。

「ありがとう。透も少しやせたけど、元気そうでよかった。本当なら受賞するしないは別にして、会うのは芥河賞が発表されてからと思っていたのだけど……」

「今日は、父さんとは会っていかない？」

「その方がいいと思ってる。いずれにせよ、まだ中途半端な状態だから」

不意に、父さんが小説を書いている後ろ姿が思い出された。小説家になろうとした父さんと、小説家になった姉さん。だが父さんは姉さんのことは知らない。

「まだお父さんは、小説家になろうとしているの？」

僕の考えを読んだわけじゃないだろうけど、姉さんが少し心配そうに尋ねてくる。

「うん。今もしょっちゅう何かを書いてるよ。それを理由に時々、仕事を休んだりもしてる。そんなことよりさ、よかったら姉さんの話を聞かせてよ」

僕は努めて父さんのことを忘れ、それから姉さんと色んなことを話した。

主に僕が姉さんのことを聞く形だ。姉さんはあれから東京の書店でアルバイトをしながら、ひたすら小説を書いていたという。サイン会に付き添っていたのは担当の編集者さんで、以前から姉さんを評価してくれていた人だった。

「それで、透の方はどう？　好きな女の子が出来たんじゃないの？」

「え？」

一年半という時間の中で、変わらないでいるもの、変わっていくもののことを思う。

日野の無邪気な仕草や笑い声、マジマジと僕を見つめている顔が脳裏を過る。

それは会話の中に、ほんのわずかな間となって現れる。

何かを察したのか、姉さんが微笑ましそうに笑う。

姉さんよりも大切なものが、出来ようとしている。いや、姉さんと同じくらいに大切なものが出来ようとしている。そのことを僕は静かに、痛烈に感じ取った。

「僕……付き合ってる人がいるんだ。といっても、友達みたいなものなんだけど」

「そう。でも、いいことじゃない」

姉さんは予《あらかじ》め分かっていたような顔で応じた。それが次の瞬間には驚いた顔になる。

「その娘、前向性健忘っていって、寝て脳が記憶の整理を始めると、一日の記憶が消去されてしまう記憶障害を負ってるんだ」

姉さんはしばし無言になった。普通、思いもしないだろう。自分の弟がそんな症状の女の子と付き合っているなんて。

でも姉さんは、僕と真剣に向き合ってくれた。

「好きなのね、その子のことが。本当に、心から」

「うん。毎日の彼女を楽しませてあげたいって、一緒に喜びたいって、そう思ってる。彼女、日記を毎日書いてるんだけど、その日記を楽しいことで埋めたい。毎日の彼女がその日記を通じて、少しでも前向きに生きていけるようにさ」

僕がそこまで言うと、姉さんは瞼を閉じた。

次に開いた時には瞳に優しい色を乗せ、口元を和らげていた。

「教えてくれて、ありがとう。少し大袈裟《おおげさ》かもしれないけど、二人にいいことが沢山起こりますようにと、願ってる」

「ありがとう、姉さん」

僕が応えると、姉さんは薄く笑う。それから見慣れない携帯電話を取り出すと操作して、自分の番号を表示してくれる。

「携帯電話、必要だから持つことにしたの。よかったら番号を交換しましょう」

僕も自分の携帯電話を取り出し、迷った末に西川景子という名前で姉さんを登録した。

姉さんは僕の番号を登録すると、携帯電話を持ちながら一度俯いた。

「透にお父さんのことを全て任せてしまって、本当に申し訳ないと思ってる。お父さんのことで困ったことがあったら、遠慮なく連絡してね」

「うん、ありがとう。だけど今が姉さんにとって一番大事な時期じゃないか。僕たちのことは大丈夫だから、気にしないで」

そう言ってのけた僕に、「随分と頼もしくなったわね」と姉さんが笑う。僕が笑みを返すと、「でも、よかった」と姉さんは続けた。

「大切な人が、透に出来て。記憶障害は簡単には治らないかもしれない。でも、出来るだけその人のことを大切にしてね」

姉さんが今、柔らかい眼差しで僕を見つめている。空気や水のように、優しさや温かさは当たり前のものとして、姉さんと過ごしている時にはあった。その記憶や感触が、他の人への想いに少しでも繋がっていけばいいなと願った。

「うん。そうする。大切にするだけじゃない。そういう生き方が出来るように、努力していく。頑張るよ」

席を立つ。伝票に手を伸ばそうとしたが、姉さんに遮《さえぎ》られた。

「大丈夫。それくらいは払わせて」

「いいの？　甘えちゃうよ」

「ええ。もう少しで区切りがつくから、それまでお父さんのこと、頼んだわね」

喫茶店を一緒に出る。一階のホテルのロビーにいるという担当編集さんと落ち合い、挨拶を交わした。明日は姉さんたちは別の地方のサイン会に向かうとのことだ。

姉さんとはその場で別れた。二人とも笑顔で別れることが出来た。

僕は携帯電話を取り出すと、姉さんと番号を交換した時に気が付いた綿矢のメールに返信する。日野と綿矢の二人とは、水族館の外のベンチで落ち合う約束になった。

地下鉄に乗車し、水族館の最寄の駅に着いてからは黄昏が支配する中を歩いた。

誰にも当然あるように、人はそれぞれ色んな問題を抱えている。

だけどその全てが今、今だけは、自分の中で小さくなっていくような気がした。もう僕は無力なばかりの子供じゃない。子供だけど、何も出来ずにいた頃の自分じゃない。少なくとも自分の足で歩くことが出来る。

会いたい人がいる。その人の元に、自分の足を使って向かうことが出来る。

途中でいても立ってもいられなくなり駆け出していた。

日野の顔ばかりが思い出される。体全体が、喜んでいた。

走り始めたからか心臓が強く鼓動し、一瞬、締め付けられるように痛んだ。よろけそうになったが、なんとか転ばずに済んだ。昼食も取らず、いきなり走り始めたせいだろう。そんな自分の無茶さ加減に笑ってしまう。でも、それでいいんだ。

一刻も早く、会いたい人がいる。笑って話したい人がいる。

一歩一歩が、その人に繋がっている。

僕はまた走り出した。それは僕が待ち望んでいた、力強い衝動だった。

9

日野と付き合い始めて三週間が過ぎ、期末テストが徐々に迫ってくるその日。

僕と日野は放課後の図書室にいた。

学生である以上、テストは避けて通ることが出来ない。しかし今の日野は知識を蓄積させることが不可能な状態だ。記憶は全て、その日限りのものとなる。

そんなことを改めて思いながら、ノートに向かってペンを走らせている日野を眺めた。

「どうしたの透くん？」

僕の視線に気付き、日野がノートから顔を上げる。

「いや、なんか今日は大人しいなと思って」

「そりゃ、図書室ではしゃがないよ」

「いいんだよ。別にはしゃいでも」

「えぇ〜、やめてよ。なんだか……はしゃぎたくなってくるじゃん」

はにかむ日野に向け、微笑を返す。

先ほど、いつもの教室で今日したいことを尋ねたら「それじゃ、今日は一緒に勉強しよう」と日野が言い出した。

放課後に勉強。それも以前の日野が言っていたやりたいことに含まれていた。

問題ない旨を告げて図書室に赴く。机を挟んで勉強を開始したはいいが、日野はチラチラと僕を窺うように見ては明らかに字を書くのとは異なる手の動かし方をしていた。

そもそも、ノートだけで教科書は開いていない。

疑問に思ったのがつい先ほどのことだ。我慢できず、身を乗り出してノートを覗く。

日野は途端に慌てたようになった。

「え？　あ、ちょっと」

日野のノートには特徴のない、平凡な顔の青年が描かれていた。つまりは僕だ。

「余裕だな、日野」

腰を椅子に戻して言うと、日野は誤魔化そうとしてか笑って応じた。

「いや、ほら、息抜きって大事だからさ」

「息抜きも何も、まだ抜くようなことはしてないだろ」

「ん？　私の彼氏さん、今エッチなこと言った？」

「言ってない。というか……絵、上手いんだな」

変なことを日野が口走ったので焦りもしたが、純粋に驚いてもいた。

一目しか見てないが、ノートに描かれていた絵は素人のものではなく、何かしらの技術が感じられた。聞いたことはなかったが、絵を習っていたのだろうか。

「なんで、そんなに上手いんだ」

尋ねると、「あぁ、そっか」と納得したような声を日野が上げる。

「言ってなかったんだね。一応、私、中学の時は美術部だったんだよ。コンクールで入選したこともあったりなんかして」

「似合わない」

「うわ、失礼なこと言われた」

冗談だよ、分かってま〜す、などと言って笑みを交わした後、絵を見せてもらった。

気恥ずかしくはあるが、感心する心の動きの方が大きい。

人物画、というのだろうか。日野が描いているそれは、言われてみれば確かに美術を習ったことのある人間のものだ。素人とは明らかに一線を画している。

「高校に入ってからはやめちゃったんだけど。今、ふと描きたくなっちゃって」

「そっか。絵、か……」

水族館デートが果たせなかった、翌日の日曜日。僕は日野が負っている記憶障害のことを調べようとふと思い立った。父さんが執筆の息抜きに散歩をしている間、パソコンを借りてインターネットに接続した。

記憶障害を調べる過程で、記憶には大別して「短期記憶」と「長期記憶」の二つがあることが分かった。

「短期記憶」は、例えば電話をかけるなどの短い時間だけ番号を覚えているような、わずかな間だけ保持していられる記憶のことをいう。

一方「長期記憶」と呼ばれるものは、テスト勉強などの際に行われるように、その事柄を忘れないために何度も想起させ、記憶として定着させたものを指す。

前向性健忘はその「長期記憶」を新たに定着させ続けることが出来ない症状を指すが、

全ての長期記憶が消えるわけでもない。

細かいことになるが、長期記憶には二つの種類がある。

「陳述記憶」と「手続き記憶」だ。

「陳述記憶」は文字通り、書き取ることが可能なタイプの記憶、つまりは知識などが該当する。昨日なにをしていたかなどの事実関係も含まれるので、一般的に言われている記憶はほとんどがこの「陳述記憶」に該当する。

そして今、僕が気にしているのは後者の「手続き記憶」だ。

陳述できないタイプの記憶を指し、分かりやすい例で自転車の運転がある。

自転車の運転は大多数の部分が感覚によっている。これはたとえ一日分の記憶を失っても、脳ではなく感覚に根ざした体が覚えた記憶なので消えることはない。

詳細なことは調べてないが、今、日野がやっている絵を描くという行為もまたひょっとすると「手続き記憶」に分類されるのではないだろうか。

何かを見つけた気がした僕はノートを日野に返し、興奮を隠すように言葉を続ける。

「いいよな。そういう特技というか、趣味に出来るものがあるってのはさ」

「そうかな？　まぁでも、私は大したものじゃないけどね」

日野は謙遜するが、どことなく嬉しそうだった。

「僕は本を読むくらいしかないから、憧れるよ。それにほら、そういうのって自転車の運転と同じで、一度身に付いたら簡単には失くさないものだろ」

「……え？　あ〜、うん。どうなんだろう？」

日野は僕の発言にキョトンとしていた。僕は日野の障害を知らず知識をひけらかしているフリをして「短期記憶」と「長期記憶」の話をした。

そして絵を描くには知識も重要だが、体の感覚である「手続き記憶」も大きく関わってくるのではないかと伝えた。

絵は描けば描くほど上手くなる。体はそれを覚えている。

日野は僕の話を聞き終えると、意識がどこかにいっているような、心ここに在らずといった表情を作った。少し心配になり、呼びかける。

「日野、大丈夫か？」

「あ、う、うん。いや、ごめんね。ちょっと考え込んじゃって。しかし……そっか、手続き記憶か」

そう言うとまた、日野は思案するような表情となる。ポツリと彼女は尋ねた。

「手続き記憶って、消えないのかな？」

「記憶喪失になった人は、自転車の運転を忘れるかな？」

かなり大胆な話題に踏み込んでいることを自覚しながら答えると、日野は考え込んだ。

「忘れない、と思う」

「じゃあ、そういうことだろ」

「そっか」

「うん」

「そっかそっか」

次の瞬間、難しい表情をしていた日野の顔がくしゃりと歪《ゆが》んだ。

にんまりというよりもそれは、くしゃりという表現が近いと思う。喜びを隠そうとして隠し切れていない、そんな顔に僕には見えた。

その日は特に何か大きなことをするでもなく、僕は宿題のプリントを済ませ、日野はずっとノートに向かって絵を描いていた。

駅に向かう帰り道、気になって尋ねる。

「今日はこれでよかった？　あんまり日野を楽しく出来なかったっていうかさ」

「え？　いやいやいや、全く問題ないよ。ちょっとしたというか、かなり大きな発見もあったし。それに彼氏くんの顔描くの、楽しかった」

大きな発見……か。

何気なく言った考えではあったが、少しでも日野の日常に変化があれば嬉しく思う。絵を描くことを習慣に取り入れて、毎日の自分を楽しくする。

結局人は、自分の中にあるものが一番強い。

そんなことを考えながらも、想いとは裏腹に口はどうでもいい言葉を紡ぐ。

「正直、僕の顔を描くのはやめてほしいんだけど。恥ずかしいし。描くならほら、綿矢にしなよ。綿矢の顔、かなり整ってるしさ」

そう言うと、「ふむ」と日野はわざとらしく考えこんだポーズを取る。

「つまり。彼氏くんは泉ちゃんみたいな顔が好きだと」

「いや、そうは言ってないだろ」

その日はそれから、そのことでずっと日野にからかわれる羽目になってしまった。


翌日になって分かったことがある。

自転車の二人乗りの時のように、日野はやはり直近の日記に影響を受けているようだ。

その日も前日に続いて図書室で勉強しようと言い、僕の顔を描いていた。

そうこうしているうちに土日を挟み、テスト週間に突入する。

日野はテストは受けるが、形式だけで意味はない。

テスト週間中は綿矢を含めて三人で勉強している時も、隠そうとしながらもノートにデッサンをしていた。綿矢も日野が絵を描くようになったことは知っていた。

どうやらそれを勧めたのが僕ということも聞いたようで、先週の移動教室の途中で僕は突然、背中をかなり強い力で叩かれた。

それが綿矢なりの労《ねぎら》いだということには、きっとすぐには誰も気付けない。

横を向くと僕の背中に手を置いたまま、綿矢が意味ありげに微笑む。

『で、どうして神谷は真織から記憶障害のことを知らされたのに、それを隠すことにしたの？』

そして深刻な話がそこでされたことは、その場にいない日野も気付けなかっただろう。

『日野が隠そうとしてるんだ。だったら、わざわざ明らかにしなくてもいいかと思ってさ』

その言葉を精査するように、半信半疑といった目付きで綿矢は僕を見ていた。

思えば、これは一つの機会でもあった。覚悟を決めて僕は綿矢に伝えた。

『実は、日野から聞いたんだ。クラスメイトにも、記憶障害のことを隠してる理由を』

すると綿矢は驚いたようで『え……』と言って言葉を失くしていた。僕は続ける。

『日野が感じてる不安とか怖《こわ》さを、少しだけ感じることが出来たよ。そりゃ、怖いよな。世の中はいい人間ばかりじゃない。一日の記憶が残らないなら何しても大丈夫だって考えたり、そう考えるようになる輩《やから》も少なからず現れる。苛めたり、乱暴したりする奴には都合がいいもんな。何しても忘れちゃうんだからさ』

そこまで言うと、綿矢は緊張したように体を強張らせた。

『神谷は……そうじゃないって言えるんだよね。そんなこと、真織にしないよね』

『当たり前だろ。でも僕のクラスってあんまり評判がよくないし、実際に嫌がらせとかもあったりしてさ。自分の彼氏がそんなクラスの人間で、しかも記憶障害のことを知ってるとなったらさ……。毎日の日野は、どう思うんだろうな。やっぱり不安だよな』

僕の人間性や付き合った経緯について、日野が手帳などでどう書いているのかは知らない。だけど嫌がらせの一環で告白されたことくらいは、書いているだろう。

綿矢は僕と日野のそういった事情を知らないけど、それは不安材料にもなりえる。

『だから、神谷は話さないの？』

『あぁ』

本当なら、綿矢のように記憶障害を知っている人間として日野を支えたかった。

でも、僕と日野は以前からの知り合いではない。放課後は毎日のように彼女と過ごしているけど、決定的に違う。僕と日野は、出会えていないんだ。

そのけっして埋まらない距離を思っていると、綿矢が言う。

『私は、あんたたちはすぐに別れることになると思ってたし、実は今も思ってる』

辛辣《しんらつ》にも聞こえる台詞を吐きながらも、綿矢はそこでふっと笑みをこぼした。

『でも……うん。今の話を聞いて、少しだけ神谷のことが分かった気がする。あんたがいい奴でよかった。ただ神谷、ちょっと気苦労を背負い込み過ぎじゃない？　詳しくは聞かないけどお姉さんのことだって何かあるんでしょ？　突然倒れたりしないでよね』

本気とも冗談ともつかない言葉を前に、僕は曖昧に微笑んでおいた。

『その時は、後のことは綿矢に任せるよ』

『はぁ？　神谷の代わりを？　まぁ私、宝塚で男役とかいけそうなところあるしね』

『実は日野が男役かもよ』

『神谷のフリル姿は見たくないなぁ』

それ以降、僕と綿矢は深刻な話をしないようにしていた。本当に困った時だけ連絡し合うことにして、日野の前ではいつもの二人として振舞っていた。

その綿矢が放課後の図書室で自分の顔を描こうとしている日野へ、軽く抗議する。

「真織、私の顔を描くのは構わないけど、眉間にしわ寄せて描くのはやめてくれない」

「いや、改めて泉ちゃんの顔が整っていることを確認してさ。こう、このやろってね」

「まったく、なに言ってんの。ほら、彼氏くんもなんとか言ってやってよ」

綿矢から無茶振りをされながらも、僕は気安い調子でそれに応じた。

「日野の顔も整ってると思うぞ」

「え、それ本当？　惚れちゃう？」

「あぁ、だいすきだぞ〜」

「わ〜い。うれしいな〜」

「あんたら、棒読みやめろ」

そういった日常を送りながらも、ふと考えてしまう。

こうやって何気なく学校生活を毎日のように送ってはいるが、やがて夏休みになる。

そうなると、日野はどうなるのだろう。

朝になると目覚め、自分が記憶障害であることを知る。手帳などを読んで徐々に自分の状態を受け入れていく。昼からも学校はない。

あり余る時間とさんさんと降り注ぐ陽光の中、彼女は何を思うだろう。

そんな時にせめて、手慰みとなる趣味があるのはいいことだ。

題材を決めれば、昨日の自分から引き継いで絵を描くことも可能だろう。

今の自分の状態でも何かを成し遂げることが出来るという経験は、彼女にとってプラスになるのではないか。

その週の土日は本当なら日野を遊園地に連れていきたかったが、テスト週間ということで翌週に延期となった。水族館以降、二週連続で日野との約束を果たせずにいる。

先週は日野の個人的な用事と、僕の団地での町内会の用事が続いてしまっていた。

言葉を濁していたが、どうやら日野は一ヶ月に一度は検査か何かで病院に行っているようだった。

七月に入る。一学期の期末試験ということもあり、テストは五日間にわたってみっちり行われる。試験期間中でも三人で図書室に向かい、やっぱり日野は珍しそうに僕を見て、ノートにこっそりとデッサンを始める。

むず痒さを覚えながら、僕は何も言わずにモデルになった。

そして試験が終わり、待っていた土曜日がやってきた。

遊園地に三人で赴き、僕は三回連続で日野と綿矢にジェットコースターに付き合わされた。実は遊園地は初めてだったのだけど、恐ろしい場所だということが分かった。

僕があんまり辛そうにしていたので、それを不憫《ふびん》に思ったのか日野がしきりに大丈夫かと尋ねてくる。そこで僕が変なことを言ってしまう。

「いや、いいんだ。気にしないで。こうやって日野と新しいことに挑戦するの、楽しし新鮮だよ。日野を楽しませたいっていつも考えてるから。だから……」

二人が面食らったような顔で僕を見ていた。少し慌ててしまう。

「え？　どうしたの？」

尋ねると、頬を掻きながら綿矢が応じる。

「いや、なんていうか……神谷ってさ、たまに恥ずかしい台詞をサラッと吐くよね」

その言葉に赤面しそうになり、遅めの昼食を提案することで誤魔化した。昼食後は三人で遊園地を回る。空がオレンジ色になる頃には、話題は夏休みへと及んでいた。

特進クラスの綿矢は受験の準備を始めるだろうに、そのことへの言及を避けていた。日野を思ってのことだろう。母親の手伝いと読書くらいしかやることがなさそうだとボヤいてみせる。

僕も無趣味なので、綿矢と同じような夏休みを過ごすことになりそうだと同調した。

「日野は、絵を描いたりするのか？」

会話に参加していなかった日野に聞くと、そうするつもりだと彼女は頷いた。

そうしながらも、夏か、と日野は言葉をこぼす。

日野にとって昨日までは春が近かったのに、朝目覚めるといつの間にか夏になっている。それは驚きという言葉では表せないくらいに、何か寂しいものに違いない。

「まぁでも、二人はいいよね。恋人同士なんだし、いくらでも出かけたり出来るしさ」

会話が少なくなっていた僕たちの間に、綿矢が言葉を挟む。僕は応えた。

「また、三人で色んなところに行こうよ。お祭りに足を向けてもいいし、花火をしてもいい。そうやって、楽しもう」

黄昏は、闇とともに憂愁をも時に運んでくる。

僕がその場の雰囲気に陽気なものを加えようとして言うと、日野が足を止めた。

遠くを見る目をしていた彼女が、僕に振り向く。

「そうだね」

淡く儚く微笑んだ。

夏はもう、すぐそこにきていた。

この夏はいつも一度

1

八月四日（月曜）　夏休み

自宅での朝：変わりなし。

自宅での昼：デッサン。夏休みの目標に、具体的な枚数を設定してはどうかと考えた。明日の私はどう思うだろう？　静物画の簡単なデッサンを三枚仕上げる。

今日の彼氏くん：図書館に四時に訪れると、学習室で参考書に向かっていた。話す。勉強の合間に彼氏くんは、私のために美術系の本を見ていてくれたらしい。何冊か本を紹介してもらう。紹介するのみならず、大事なところを要約して教えてくれた。絵にも色んな上達法があるが、一つとして素早く描くことが大事だという話だった。対象を見て思考が追いつかないくらいに素早く描くことで、感覚を最大限に引き出せる。一般的には「クロッキー」と呼ばれている手法だ。動かないものを描くデッサンとは異なり、クロッキーでは人などの動きがあるものを描く。

色々と考え込む。感覚を鍛えるというのは、今の私にも合っているように感じた。

それにクロッキーが大事だという話は、中学の美術の先生も確か言っていた。

絵について思ったことは手帳に新しい項目を作ってまとめることにしたので、そちらを参照すること（手帳の「美術ページ」参照）。

というか彼氏くんは、そんなに熱心にしてくれて自分の勉強は大丈夫だろうか。そう思って尋ねると、笑って誤魔化していた。ちょっと可愛いかも。

そのあとに図書館近くの文房具屋さんに二人で向かう。スケッチブックに比べて紙も薄くて枚数も多い、大判のクロッキー帳を購入した。

記念にと、倹約家の彼氏くんに奢られてしまう。

今度は私から彼氏くんにお茶でも奢るようにしよう。明日の私たち、よろしくね。


外では蟬《せみ》がけたたましく鳴き、本当に夏がきていることを私に教える。

室内は冷房がないと快適には過ごせないほどに暑く、汗がべっとりと肌を濡《ぬ》らす。

時間が、私だけを置き去りにして進んでいた。

「回らないでよね、地球」

地球に対して見当違いな抗議をした後、観念した私はクーラーを再起動させる。

朝起きて目覚めたら夏休みだなんて、笑えなかった。

おまけに私は、知識を積み上げることが出来ない状態となっていた。

盗み見るような気持ちで、自分の右手の中指を見る。

人には言わないけど、私は自分の手が気に入っていた。中指にペンだこが出来ている。

受験を終えて高校に入ってからも毎日ペンを長い時間握ってきた証拠だ。努力の証《あかし》だ。

天才ではない自分は、地道に学力を積み上げていくしかない。その甲斐《かい》もあって二年生では特進クラスに入れた。でも今、そのペンだこは薄れている。

私はもう努力できない。正確に言えば、努力しても学力は上がらない。

ちょっとだけ、泣きたくなってしまう。

それでも午後になると、どうにか自分の中で整理がついていた。自分の状況や友人関係なども確認した。夏は恋の季節。

こんな私には今、恋人がいる。

机の上のクロッキー帳のページには、見覚えがほとんどない青年の顔が描かれていた。

その細面の青年が、私の恋人らしい。

他にもクロッキー帳には様々なものが描かれていて、人物のポーズだけのものもある。

高校に入ってからは勉強に集中するために美術はやめたつもりでいたが、昨日の私たちは夏休みに入ってから毎日のように何かを描いているらしい。

ペンだこが完全に消えていないのは、そのせいかもしれない。

ついこの間購入したというクロッキー帳の数十枚からは、革新的な技術の向上は見られない。だけど確実に手馴《てな》れてはきていた。亀のような歩みではあるが、進歩があった。

そしてどうやら再び絵を描いているのは彼氏くんの言葉に関係しているようなのだ。

「手続き記憶」と呼ばれる専門的なもので、それをヒントに昨日の私たちは考え、こう結論付けたそうだ。

今の状態でも「手続き記憶」という感覚的な記憶は保つことが出来るかもしれない。

つまりは、絵が上手くなる可能性はあると。

実際にそれは当たっていた。過去の絵がそれを証明している。気になってインターネットで調べてみると「手続き記憶」は「技能記憶」とも呼ばれ、絵の他に楽器などの練習でも効果があるらしいことが分かった。

特にすることもないので手帳の「美術ページ」を参考にして、日本語では速写とも呼ばれるクロッキーを試してみる。最近の私たちがクロッキー帳で練習している技法だ。

ノートパソコンで洋画を流し、気に入ったシーンで止めて登場人物をモデルにした。

思考するのではなく、手で、感覚を意識して仕上げる。

中学時代、毎日鉛筆を動かしていた頃のようにすんなりと絵は完成した。

当初のものと比べると、やはり線のタッチなどが確実に進歩している。
日々の私はこんな風にして暇を潰しているのか。確かにこれは楽しい。
手馴れてきた線画の軌跡に、昨日の私たちがいる。
それはこんな状態の私でも何かを続けることが出来る、成し遂げることが出来る、成長することが出来る――そんな証拠のようで、嬉しくなる。
集中してもう一枚仕上げているとスマホが光った。泉ちゃんのメッセージだ。
《やっほ～、元気してる～？》
私は描いている途中の絵を写真に撮ると、泉ちゃんに送った。彼女は驚いていた。
《うっま！本当、日に日に上達してるね》
《またまたぁ。でもこれ、結構楽しい。いい時間潰しにもなるしね》
《私も何か、そういう美術系の趣味を持っておけばよかったな》
《そういえば、泉ちゃんの絵って見たことないよね。どんな感じなの？》
《死後数千年後に、高い評価を受ける感じかな》
《それ、美術的価値じゃなくて考古学的価値になっちゃってるよ》
今の状態について悪いことを数えたらキリがない。だから私は努めて良いことを数えるようにしていた。それの最たるものは、泉ちゃんと既に知り合っていたことだろう。
彼女と他愛ないことを話していると、純粋に心が楽しんで安らいでいるのを感じる。

《それはそうと、今日も神谷と会う予定なの？》

《うん。四時からだけどね、図書館で落ち合う予定》

《青春だなぁ》

《泉ちゃん、たまにオッサンになる時あるよね》

まとめた日記を見ると、夏休みはその彼氏くんとほとんど毎日会っているようだ。

この間は美術の本を紹介してくれて、その前はゲームセンターに連れて行ってくれた。

デッサン用にぬいぐるみを取ってもらったみたいで、その日の私は浮かれていた。

でも今、そのぬいぐるみは見当たらない。その日のうちにどこかにしまったらしい。

これには理由が書いてあった。少し複雑な心の動きになるが、ぬいぐるみを取ってほしいと思ったのは、あくまで〝その日の私〟なのだ。

翌日、そのぬいぐるみとともに、彼氏くんに取ってもらったという事実だけがあったら〝翌日の私〟は困惑したり、あまり面白く思わないかもしれない。

面倒くさい女だなぁと思いながら、事実、その通りかもしれない。

それから泉ちゃんと少しメッセージのやり取りをして、またクロッキー帳に戻った。

借りてきた美術の本も読む。昨日の私たちがチェックしていたページを見直す。

今日は時間を意識して、速く描いてみよう。

一枚五分と決めて、好きな洋画の人物をクロッキーしていく。

五分で一枚描くのはかなり難しい。でもこれを毎日続けていれば、確実に技術は向上するかもしれない。そんな手応えがあった。

そうこうしていると三時を過ぎたので、香水を簡単に振って身支度を整え、自転車で図書館に向かった。むき出しの肌に夏の感触がまとわりつく。

私の家から図書館までは、自転車なら十分とかからない。彼氏くんの家からは三十分近い距離になるらしいのだが、彼は毎日のように足を運んでくれているみたいだ。

「あ、いたいた。今日はちゃんと勉強してる」

「日野。大丈夫、ちゃんとやってるよ」

図書館に到着し、学習室に顔を出す。クロッキー帳に描かれていた彼がいた。手帳によるといつも同じ場所に同じような格好でいるらしいので、見つけやすい。

泉ちゃんはこの夏、学校の夏期講習に参加している。その他にも受験に向けて塾に通っていたりと、かなり忙しい。

正直な話、私は絵の練習も始めず相手をしてくれる彼氏くんもいなかったら、未来への悲観に押し潰されて自分を保っていられなかったかもしれない。

彼氏くんが勉強用具をまとめ、二人で自販機がある一階の喫茶スペースへ向かう。

彼氏くんは大学には進学せず、多少遠くても構わないから、高校卒業枠の定員募集がある市役所で働くことを望んでいるという。勉強は余裕があるみたいだ。

「日野、今日は何かしたいことある？　七時までなら大丈夫なんだろ」

「そうだな〜、あっ、あれだ！　麦藁《むぎわら》帽子とか見に行きたいかも。折角の夏なんだし。といっても、奢るのとかはダメだからね？」

私が言うと、少し拗《す》ねたようになりながらも彼氏くんは快く応じてくれる。

「分かったよ。残念ながら甲斐性《かいしょう》もないしな。駅前のショッピングモールでいい？」

そう決めると二人で駐輪場へと移動し、自転車で駅前のショッピングモールに向かうことにした。

彼氏くんが自転車のカギを外しているのを見ながら、荷台にふと目が留まる。

「二人乗りとか、さすがに危ないかな。街中だし警察に注意されちゃうよね」

以前の日記で、彼氏くんと楽しそうに二人乗りをしていたことを思い出したのだ。

私が問いかけるように言うと、彼は何かを考える素振りをした。

「夏休みだからな、そういうの厳しいかもしれない。でも、出来なくもないかも」

「え、本当」

「まぁ、ちょっとやってみよう」

そう言うと彼は、片手で自分の自転車のハンドルを握り、足でスタンドを上げた。

その状態で私にサドルにまたがるよう言う。とりあえず指示通りにしてみる。

すると彼はもう一方の手でもハンドルを握り、そのまま歩き出した。

サドルにまたがった私は自転車ごとゆっくり運ばれていく。

………え？

お分かりいただけるだろうか。やんごとない人を馬に乗せ、騎士が手綱を引くような。なんというか、超絶恥ずかしい構図である。これを私はお姫様乗りと名付けた。

彼氏くんは天然なのか、特に意に介すことなくそのまま駐輪場を出ようとする。

「いや、ちょ、ええぇ、ちょ、待って」

「どうしたんだ。まぁ、これでショッピングモールまでは、って……」

恥ずかしさのあまり、両手で顔を覆ってしまう。自分の顔が熱くなっているのが分かった。化粧をもう少し厚塗りすれば、厚顔でいられただろうか。そんなことはない。

「こ、これ、あれだよ。人前に出ちゃだめなやつだから」

幸いなことに人目はなかった。しかし私が恥ずかしがっている意味にようやく気付いたのか、彼氏くんは慌ててハンドルから手を離してしまった。

自転車にまたがっていた私は不安定な状態となる。

急いで地面に足を着こうとしたのだが、サドルの位置が高いので上手くいかない。

あっ、マズイこれ、自転車ごと倒れる――

かと思ったが、彼氏くんが腰に手を回して体を受け止めてくれた。反対の手でハンドルも握り、自転車が倒れるのを防ぐ。

結論から言うと、私は彼氏くんの腕に抱かれていた。

「っ」

「あ……ご、ごめ」

彼氏くんは狼狽《ろうばい》していたが、次の瞬間、「くっ」と私の口から笑い声が漏れた。その体勢からなら足が着いたので、彼からの視線を感じつつ密着している状態から離れる。

彼氏くんは自転車を立て直し、私は彼を見つめた。

くつくつとした笑いがお腹の底から生まれていた。抑えようと思ったのに、簡単には収まりそうにない。口元を思わず押さえてしまう。

「え、どうした、日野」

もうだめだ、笑いがこらえられない。噴き出してしまう。

「だ、だって。あ、あはははは！　もう、何この展開。どんだけベタなラブコメなの。あぁ、もう、おっかしい。しかも、あんな二人乗り見たことないし。どうして恥ずかしげもなくやっちゃうかな」

私が言うと、困ったように彼氏くんは頭を掻く。

「いや……その、悪かったよ。警察に注意されない二人乗りってのを考えた時にさ、これならいけるかもしれないって思っちゃったんだ。でも、よく考えると変だよな」

彼氏くんはそこまで言うと、ふっと頬を緩めた。

「そうだよ。それで体勢を崩しそうになって支えられるとか、少女漫画だよ。夏だよ。高校生だよ。というか、本当にこんなことってあるんだね。驚いちゃって、でもなんだかそれ以上に、おかしくなっちゃって」

それからも私たちは思い出したように笑いながら、それぞれの自転車に乗ってショッピングモールに向かった。

ウィンドウショッピングだけでも十分に楽しく、一応の目当てはつけたものの、何も買わないでその日は解散した。

「それじゃ日野、また明日な」

「うん。また明日」

自転車に乗って遠ざかっていく彼の背中を見ながら、思う。

変な言い方だけど、今朝の私は昨日の私たちに嫉妬していた。朝、こんなに私が絶望しているのに、過去の私たちが日記では楽しそうにしていてズルいと感じてしまった。

その楽しい記憶を、私も自分のものとして持ちたい。楽しさを共有したい。

今まで出来ていたみたいに、当たり前のことを当たり前に……。

でも、そんな褒められたものではない感情も、彼氏くんと遊んだ今では何も思わない。

そうか、昨日の私たちはこんな心境で日記を綴っていたんだなと共感できてしまう。

昨日の私に共感するというのもまた、変な言い方だけど。

そして奇妙なことに、知らないはずの彼を見て少しだけ心に疼《うず》くものがあった。
蓄積されていかない情報と、残っていくかもしれない何か。情緒や想い。
私はひょっとして、彼のことを好きになりかけているんだろうか。
まさかね、さすがにそんなこと。いや、でも……どうなんだろう。
ショッピング中にじっと見ていたら、彼氏くんは困ったように微笑んでいた。
そういったことを思い返しながら家に帰り、ご飯を食べてお風呂に入った。
日記をつける。寝るまでのわずかな時間、クロッキー帳に向かった。
頭の中にある、彼氏くんが私を自転車に乗せて歩いていた瞬間を線にする。
悪くない心地で、私は鉛筆を走らせた。

2

八月十二日のその日は、芥河賞と直樹《なおき》賞《しょう》の上半期の受賞作が発表される。
僕は朝からなんだか落ち着かない気分だった。
父さんにとってもそれは同じらしく、朝から神経質になっていたように思う。
西川景子が姉さんであることを父さんは知らない。
それでも芥河賞のことは気にしていた。純文学が好きだからという理由以上に、小説家を志す人間として憧れや悔しさ、少しの妬みに似たものも含まれているんだと思う。

父さんが仕事に向かった後、僕は簡単なお弁当を持っていつもの図書館に行った。

今日は携帯ラジオも持っていく。芥河賞関連の速報が一番早いのはネットニュースだと思うけど、ラジオでもニュースは入ってくる。

午前中の段階では、受賞作は発表されていない様子だった。純文学は好きだったが、芥河賞の発表を毎年リアルタイムでチェックしてはいない。ほとんどが翌日の新聞で知る形となり、当日は何時頃に発表されるのか知らなかった。

昼食を食べ終えると図書館の雑誌コーナーに向かい、西川景子の候補作が載っている号の雑誌を探した。冒頭から読み直す。この作品を読むのは何度目になるだろう。

二時間があっという間に過ぎる。ラジオを聴こうかと考えていると、声をかけられた。

「あ、あの……」

「え？」

耳慣れたその声に顔を上げると、普段とは違うことが起きていた。

「日野、どうしたんだ。まだ四時じゃないだろ？」

目の前には、躊躇っている様子の日野がいた。どこかのお嬢さんのように白い上品なワンピースを着て、両手には大きな麦藁帽子が握られている。

「う、うん。ほら、今日はお姉さんの発表日でしょ？　よかったら一緒に待たない？

スマホなら速報もすぐに分かるし、記者会見の生中継とかも見られるらしいよ」

昨日の日野には、今日が芥河賞の発表日だとは教えていなかった。

自分で調べたのだろうか。あるいは綿矢が教えた可能性もある。

とりあえず頷き、雑誌を元の場所に戻すと日野に促されて喫茶スペースに向かう。

その最中、日野が手にしている麦藁帽子が再び目についた。

「やっぱり、日野にはそっちの麦藁帽子の方が似合うよな」

それは先日、駅前のショッピングモールで二人で見た麦藁帽子だった。

二つのデザインの間で日野は迷っていたけど、僕が勧めた方をいつの間にか購入したらしい。本当ならプレゼントしたかったが、僕が無理しないようにと気を遣ってくれたのかもしれない。そういうところも日野らしい。

ただ、尋ねた日野はなぜか少し動揺していた。

「あれ？　えっと、この麦藁帽子って、何かあったんだっけ？」

「え……？」

その発言の意味を考える。二人で見たことを、日野は忘れていた。

あの日の楽しかった思い出が、自分の中でゆっくりと再生される。

駐輪場での恥ずかしかった出来事。そのあとのウインドウショッピング。

日野は女性用のその麦藁帽子を、ふざけて僕に被《かぶ》らせた。二人で笑い合った。

僕にとって大切な想い出だが、それを日野は覚えていない。

でも……それは日野にとって当然のことだ。毎日のことを忘れてしまうのだから。

「その、今日は駅前の大きな画材屋さんに行きたくて、ショッピングモールに朝から行くっていうお母さんの車に乗せてもらったの。ついでに私もショッピングモールのお店を覗いて、なんだか一目見て好きになっちゃって、それで……」

言いにくそうに応じている日野へと、僕は必死に微笑みかける。

朝から出かけていた上に、いつもより早く僕に会いに来てくれた。

きっとそれは日野にとっても予定外のことだったんだろう。仕方ない。

手帳や日記を毎日確認するのだって時間がかかる。

「そっか。いや、別に大したことじゃないんだ。前にショッピングモールに行った時に、日野がチラッと見てた気がしたから。それで、気になっただけで。あれだな。洞察力が優れ過ぎなのも考えものだよな……なんて」

誤魔化そうとして、普段なら言わないようなことを口にしていた。古本を売ってその麦藁帽子をプレゼントできないかと考えていたことは、胸のうちにしまっておいた。

日野は少しばかり不安そうな顔をしていたが、麦藁帽子を褒めるとまたいつもの彼女に戻った。

向かった先の喫茶スペースでは、綿矢が僕たちを待っていた。

「やっぱり、綿矢が教えてくれてたんだな。その、わざわざありがとな。今日が芥河賞の発表日だって知って集まってくれたんだろ？」

気を取り直してそう言うと、「あ、うん」と少し心配そうな顔で綿矢は応じる。

「いきなり私まで押しかけてごめん。迷惑じゃなかった？」

「そんなことないよ。正直、落ち着かなかったからさ、助かる」

「ならよかった。折角だから皆で待とうよ。私もなんだか落ち着かなくてさ」

綿矢が情報を集めてくれた結果、発表の時間は毎年異なるが、インターネットで生放送を予定している受賞者記者会見の番組は、夕方六時から行われることが分かった。

まだ時間があったので日野は姉さんの候補作を読み、その一方で僕と綿矢はソワソワしていた。綿矢も芥河賞の発表をリアルタイムで待つのは初めての経験らしい。

「透くんも泉ちゃんも、ちょっとは落ち着きなよ」

立ったり座ったり、意味もなく何度もお手洗いに行ったりと落ち着きのない様子を、日野にたしなめられてしまう。

「お、落ち着いてる。落ち着いてる。な、綿矢」

「う、うん。ぜんぜん、余裕だよ」

「もう、何が余裕なんだか」

それでも時間というのは着実に進んでいく。時刻が六時近くになり、迷惑にならないように図書館の外に出て、日野のスマホを通じてその番組を見守った。

《芥河龍之介《りゅうのすけ》賞・直樹三十五《さんじゅうご》賞　受賞者記者会見・生中継。まもなく始まります》

やがて番組が始まり、長机を前に着席した二人の男性が映る。前説というのだろうか、芥河賞や直樹賞の由来を解説者と紹介された人が語り始めた。

その解説者ともう一人の補佐役の男性も、記者会見の会場の一角にいるのだろう。画面から緊迫した空気が伝わってくる。

生中継での記者会見ということは、候補者は別室で控えているんだろうか。

今、そこで姉さんは何を思っているだろう。

しかし、賞の発表はなかなかされない。解説者が言うには、今年度の発表はどうも夜の七時から八時の間になりそうとのことだった。

今から一時間後か、二時間後ということになる。父さんは今日、外で食べてくると言っていた。夕飯を支度する必要はない。

僕個人としては問題なかったが、図書館の閉館時間は夜七時だ。場所を移す必要があった。スマホから顔を上げ、二人に話しかける。

「どうしようか。僕はファミレスとかに行ってもいいけど、日野も綿矢も親御さんは大丈夫？　なんなら今日はここで解散でもいいし」

僕の発言には、すぐに綿矢が反応した。

「うちはお母さんしかいないし、どうってことないかな。真織は？」

「連絡しておけば問題ないよ。折角だし、皆で待とうよ。ああ、でも場所はどうしよっか？　ファミレスはそこそこ距離あるよ。泉ちゃんも自転車だし、遅くなっちゃうと危ないかも」

確かに、綿矢の家は僕の家よりも遠い。日が出ているうちはいいが、夏の夜は危ない。

そんな懸念をよそに、綿矢はあっけらかんとした口調で言う。

「なら私は真織の家に泊まってこうかな？　というか……こっそり真織の部屋に、神谷を連れ込む？」

「はぁ!?」

知らず大きな声が出てしまう。綿矢の提案よりも日野はそっちの方に驚いたようだ。

日野の家。いくら夏休みとはいえ、夜に女の子の自宅に行くのは憚《はばか》られた。

ご両親と対面した場合の体裁も悪い。

「ごめん、大きな声を出して。でもさすがにそれは……なんなら駅前のファミレスに移動して、頼りないかもしれないけど、帰りは綿矢の家まで僕が送るから」

そう応じたにも関わらず、日野は「う～ん」と何かを考え込んでいた。綿矢はニヤニヤしている。この野郎。

そもそも、日野は記憶障害であること僕に隠している。彼氏のことを両親にどう伝えているのかは分からないが、僕が日野の家を訪れたら面倒じゃないのか。

だというのに日野は、何かを決めたのか口角を上げると、楽しむように告げた。

「よし！　じゃあ、両親に見つからないように透くんをこっそり私の部屋に入れて、三人で発表を待とう。それでどう？」

問われた僕は固まってしまう。拒めるものなら拒みたい。

しかし綿矢が歓声を上げると、二人はもうそれが決定であるかのようにはしゃぎ出す。

「え？　いや……ええ？」

3

日野と綿矢に強制されるような形で、僕は日野の家に向かうことになった。

ただ、日野の父親がかなり子煩悩な人ということで、僕は家の人に見つからないようこっそり日野の部屋にお邪魔する算段が取られた。手はずはこうだ。

綿矢を連れて帰宅することを日野が母親に連絡したら、三人で日野の家に向かう。リビングで綿矢が親御さんと挨拶しているうちに日野が外にいる僕を招き入れ、二階の部屋の前まで二人で移動する。日野が急いで部屋を片付け、それが終わったら僕が入る。

日野が母親に電話した結果、綿矢の来訪は夏休みということもあって喜んで迎え入れられた。泊まる可能性についても問題ないとのことだった。

「ちなみに……帰りはどうするんだ？」

三人で自転車で向かっている最中に尋ねると、自信に満ちた声で綿矢が応じた。

「大丈夫。その時は私がまたリビングで二人と話すからさ。その間に帰れば問題ないって」

自転車をしばらく漕いで日野の家に到着する。初めて目にする日野の自宅は、量産的な設計住宅ではなく、しっかりとした作りの家だった。

僕だけがいったん日野の家から離れ、近くの歩道脇に自転車を停めてカギをかける。戻って日野家の敷地内を覗くと、二人は手を振りながら玄関へと入っていった。

そこで数分待機していると玄関扉が開く。悪戯を楽しむような顔で日野が顔を出し、手招きをしていた。僕は足音に気をつけながら進み、家の中に入った。

「靴、手に持って」

「分かった」

潜めた声で日野に指示され、脱いだ靴を手に取る。

ふと気になって顔を向けると、リビングに通じるであろう閉じられた扉の向こう側から、明るい綿矢の声がした。日野の両親……か。どんな人なんだろう。

「何してるの〜？」という日野の言葉で現実に立ち返り、彼女の後に続いた。

二階に進む。廊下の一番奥にある部屋が日野の自室らしい。

日野が中で片づけをしている間、扉の前で落ち着かない気持ちのままに待った。

扉が開き、また手招きされる。中は僕の部屋に比べてはるかに広く、すっきり片付いていた。捨てる予定だという雑誌の上に靴を置くよう言われ、それに応じる。

「泉ちゃんを回収するついでになにか食べ物を持ってくるよ。ちょっと待っててね」

「あ、あぁ、分かった」

扉が閉じて、僕は一人になった。ふぅと息を吐く。かと思えば扉が開き、ビクリと体が反応してしまう。にたにたとした顔で、日野は微笑んでいた。

「ここは女の子の部屋なんだからね。彼氏くんとはいえ、下着とか漁っちゃだめだよ」

「し、しないよ」

日野がじっと僕を見つめる。

「ちょっとならいいよ」

「だから、しないってば」

完全にからかわれているようだ。

どうにかして追い払えないかと考えていると、日野がまたじっと僕を見ていた。

「ねぇ、透くん……ちょっと変なことを聞くんだけどさ」

「なんだ、この状況で本当に変なことはやめてくれよ」

「透くんって、私のこと好きだったりする？」

「え……？」

問われた僕は一瞬、あらゆる感情の動きを忘れてしまう。

静寂の中で、時計の針の音だけが妙に耳についた。

「どうして、そんなこと聞くんだ。三つ目の条件、まさか忘れたのか」

なんと答えればいいか、分からなかった。真剣な口調になってしまうのを抑えようとして笑ったが、それが上手くいったかは分からない。

「ううん。ちゃんと覚えてるよ。ただ……なんだか気になっちゃって、ちょっと聞いてみたくなったというか、なんというか」

「大丈夫だよ。僕は、日野のことを本当に好きになったりしないから」

もうとっくに好きになってるなんて、言えるはずもなかった。

笑顔を作ろうとして頬に力を入れると、少しだけそれは強張った笑みになった。

「そっか……うん、ごめんね、変なこと聞いて」

僕の気のせいだろうか、日野はどこか寂しげに笑う。

「いや、大丈夫だ。でもそんなこと気にするなんて、珍しいな。どうしたんだ？」

かと思えば日野は数秒前の自分の顔を忘れたかのように、ニヘラっと口元を緩めた。

「いやほら、本当に透くんが私のこと好きだったら、下着が一枚か二枚なくなることを覚悟しておかなきゃって思ってさ」

「いや、だからそんなことしないって！」

思わず大きな声が出てしまい、慌てて口を押さえる。日野は「ごゆっくり～」とニヤつきながら扉を閉めた。遠ざかっていく足音が聞こえ、再び息を吐く。

日野のことを本当に好きになったりしない……か。

もしそういう世界があったら、僕らはどうなっていたんだろう。

僕は日野を好きになって自分の想いを告げることもなく、日野は自分の障害を明かすこともなく、二人はただの擬似恋人として付き合っていたんだろう。

でもきっと、それは長続きしない。そんな気がする。いつか二人は別れる。

そんなことを考えている自分に苦笑してしまう。

彼女を好きになったことに後悔はない。この想いは実らなくても……いいんだ。

一人残された僕は、自分を転換させようと瞼を閉じた。

しかし、これからどうしようか。二人が戻ってくるまで少し時間がありそうだ。

目を開き、改めて日野の部屋を眺めた。

女の子の部屋をじろじろと見るのもよくない。そう思っていたのだが、以前に文房具屋で一緒に買ったクロッキー帳が学習机の上に置かれていることに気付いた。

机に近づいてみる。クロッキー帳の傍らには、鉛筆やそれを削るための削り器、小型のカッターもある。中学の頃に授業で使っていた美術室の匂いが微かにした。

悪いとは思いながらも、日野のことを新たに知りたくて閉じられたそのページをめくる。数ページは人物の線画が続く。しかし、唐突に現れた自分の顔に手が止まった。

クロッキー帳の中の自分は、困ったように笑っていた。

夏休み中に写真を撮られたことがあったが、こんな顔で応じていた気もする。

ページをめくる。他のページでも僕は情けない顔で笑ったり横を向いたりしていた。

まだ肉付けがされていないポーズだけのものもある。中には見覚えがあるポーズもあった。

多分だけど、図書館の駐輪場で日野を自転車に乗せて歩いている僕の後ろ姿だ。

いったい、日野の中で自分はどんな存在になっているんだろう。

『あれ？　えっと、この麦藁帽子って、何かあったんだっけ？』

図書館でのことを思い出して少し胸が痛んだが、それを意識しないようにした。

ゆっくりとクロッキー帳を閉じる。

その時、机の広い引き出しから紙がわずかにはみ出しているのに気付いた。

なんだろう……急いで片付けると言っていたから、それに関連するものだろうか。

迷ったが、こんなチャンスはきっともうない。そう思うと、手が再び動いていた。

引き出しの中には数枚の紙とともに、手帳とノートが入っていた。

視界の中にある紙には、日野の直筆でこう書かれている。

《私は事故で記憶障害になっています。机の上にある手帳を》

急いで引き出しを閉じる。紙がはみ出しているのに気付き、折れ目や皺《しわ》がつかないように慌てて調整する。

心臓の鼓動が加速し、手が震えていた。

世界の裏には残酷さが潜んでいる。唐突にそう思った。人が知らないだけのことで、そこかしこで残酷さは息を潜めている。

手帳や日記のことはあの日の公園で聞いていたが、紙のことは聞いていなかった。おそらく壁に貼り、毎日の自分に読ませるためのものだろう。

そうやって日野は毎日、自分の症状と向き合うことを迫られている。恐れていた彼女の日常の一端を垣間見た気がした。それは努めて日野が見せまいとしていたものだ。

日野はいつも、笑顔だった。どんな時でも。

対して僕は……。

二人分の足音が響き、僕は身を硬くした。急いで、何か別のことをしているフリをしなければ。そう考えると、近くにあった美術の本を開いていた。

「ちゃ〜んといい子に……ってあれ、本読んでる。まったく、透くんらしいなぁ」

顔を出した日野が、呆れたようにも感心したようにも言う。

「神谷、あんた、なんでもっとベタなことしてないかなぁ？」

続いて顔を出した綿矢に言われ、尋ねてしまう。

「なんだよ、ベタなことって」

「真織の下着を頭に被ったり、ポケットを下着でパンパンにして、紐《ひも》がポケットからちょっと見えちゃってるような」

「紐って言うな。紐って」

とりあえず不審には思われていなかったようで、安堵《あんど》の息を吐く。

日野は手にしていたお盆を中央にある低い机の上に置いた。

中には大盛りのカレーが入った大皿と、普通盛りのカレーが入った皿がそれぞれ一枚。コップとスプーンも二つ用意されていた。

「お腹が空いちゃうといけないから、夕飯をよそってきたんだ。私と泉ちゃんで大盛りを二人で食べるから、透くんはそっちを食べて」

「あ、あぁ。分かった。ありがとう」

それから僕たちはスパイスがよく効いたカレーを頬張りながら、日野のノートパソコンで先ほどの生中継番組を見守った。

画面は変わっていて、解説者ではなくどこかの高級ホテルのような広間が映されていた。低い壇上の中央にはホワイトボードが置かれている。

そこに「芥河賞」「直樹賞」とそれぞれ書かれた紙が貼り付けてあった。壇上を臨むように記者らしき人たちが椅子に腰かけ、ホワイトボードを時折見ながら待機している。

時刻は夜の七時を少し過ぎたところだった。

発表は七時から八時ということだが……。

カレーを食べ終え、まだかまだかと十五分ほど待つ。と、その画面に動きがあった。

解説者とそれを補佐する人間の声が聞こえる。「今、今、今、決まったようです」「お、どの作品だ」などと声を上げている間に、スーツの男性がホワイトボードに歩み寄る。

手にしていた紙を、芥河賞と書かれた紙の隣に貼り付けた。

西川　景子
「残滓《ざんし》」

途端に記者の人たちの動きが慌しくなり、解説者が興奮した声を上げる。

会場ではアナウンスが流れていた。

「今回の芥河賞は、西川景子さんの残滓に受賞が決まりました。ただいま受賞作の本を前方の台の上にお持ちします。西川景子さんによる記者会見は——」

今、この瞬間の映像を、どれだけの人が見ているだろう。

自宅で、電車で、あるいは居酒屋、会社で。このニュースはすぐにでもネットで拡散され、明日には新聞やテレビで大きく扱われることになる。

姉さんは受賞を知らされ、どんな心境でいるだろう。父さんは何をしているだろう。

茫然となってそのシーンを眺めていると、隣から声がした。

「やった……やったね！　お姉さん、すごい、芥河賞だよ」

声の主である日野に瞳の焦点を合わせる。

現実感はなかなか手元には帰ってこなかった。

「うん。ありがとう。本当に、よかった」

言葉が継げずにいると、綿矢が苦笑するように言う。

「いや、取るとは思ってたけどさ。そっか……これからお姉さん、色んなメディアに引っ張りだこだね。どう、弟として鼻が高い？」

僕は考え込む。鼻、ピノキオ、天狗《てんぐ》のように、えっと。

「だめだ、上手いことを言いたいんだけど。出てこないや」

そう言葉を返すと、二人は笑っていた。

直樹賞の受賞作も発表される。姉さんの会見は、直樹賞受賞者に先んじて行われた。

カメラのフラッシュが焚《た》かれ、質問が様々な記者からなされる。

それに姉さんは簡潔に応じていた。その受賞会見も十分程度で終わる。

僕は軽い放心状態にあった。心臓がまだドキドキしている。だけど、いつまでも日野の家にいるのもよくない。それから二人にお礼を言うと、帰宅する旨を伝えた。

綿矢が日野の両親の注意を引き付けてくれている間に、玄関の外で日野と小声で挨拶を交わす。

「また明日ね。おやすみなさい」

「うん、今日は本当にありがとう」

今日一度きりの日野と、昨日から連続している僕が別れる。

敷地を過ぎたところで振り返ると、リビングと思われる窓のカーテンが一瞬揺れた。日野の父親、だろうか。男性に見られていた気がするがハッキリとは分からない。

ひょっとして、気付かれていたのかもしれないな……。

自転車を停めた場所に向かう。外灯に照らされた自転車の前でカギも外さずに放心していると、誰かが近づいて来る気配がした。振り返ると自転車を引いた綿矢がいた。

「やっぱりぼうっとしてた。真織のお母さんが送る送るって大変だったんだけどさ、私も自転車で帰ることにしたから、送ってよ。というか今の神谷は危ないから、私が家まで送ってあげる」

それはさすがに申し訳ない。ちゃんと僕が綿矢を送ることを伝え、自転車に乗って話しながら彼女のマンションまで向かう。

何を話したかはっきり覚えてないが、明るい話題を綿矢は選んでくれていた気がする。

綿矢が暮らすマンションの前に着くと、心配されながらも僕たちはそこで別れた。

自転車を再び漕いで団地の自宅に戻る。僕は姉さんのことばかりを考えていた。

自宅に着くと九時を回っていて、父さんが食卓椅子に腰かけて僕を待っていた。

どんよりとした顔をしている。手元にはノートパソコンがあった。発泡酒の缶もある。

嫌な予感がした。その父さんが顔を上げて言う。

「なぁ、透。西川景子って、」

僕は瞬きをするのを忘れて、父さんを見た。

「早苗……じゃ、ないのか？」

4

僕が何も応えずにいると、父さんは続けた。

「今日、芥河賞の上半期の発表日だったんだ。さっき、気になってネットで結果を見たら、西川景子が受賞してた。二十代の、若い子がだ。名前は知ってたさ。それで記者会見の写真を見たら、どう見ても早苗なんだ。知ってたのか。透は、知ってたのか」

いつかこういう日が来るだろうとは予想していた。日野の家から帰る途中でだって、頭の片隅にはあった。

その時がおそらく、僕たち親子が真剣に話し合う時になるだろうとも。

「知ってたよ。父さんには隠してたけど、姉さん、昔から小説を書いてたんだ。そのペンネームが、西川景子で」

「なんだ……そうだったのか。それで、早苗は小説家になるために、この家を出ていったのか。俺たちから逃げていったのか」

「逃げていったわけじゃないよ。姉さんは、向かっていったんだ」

「一緒だろ」

「意味合いはぜんぜん違うよ。自分の人生から逃げたわけじゃなくて、自分の人生に向かっていったんだから」

父さんは顔をしかめて下を向く。軽く息を吐いた後、独特の間をあけて言う。

「会ってたのか。早苗と」

下手な映画を見ているように現実感がなく、ただ時計の針だけが現実を刻んでいた。

「定期的に会っていたわけでも、連絡を取っていたわけでもないよ。でもこの間、書店でサイン会をやっててさ。その時に偶然再会して、話はした」

「早苗は戻ってくるのか、それで」

「姉さんにはもう、姉さんの人生があるんだ」

「なんだ、三人で暮らすのは嫌なのか」

父さんは顔を上げたが僕と目を合わせることなく、また俯いてしまう。

「そうじゃないけど、姉さんはずっと頑張ってくれてた。中学一年生からだよ。長い間、僕らを支えてくれたじゃないか。もう、自分の人生を歩かせてあげなくちゃだめだよ」

そう言いながらも、僕だって姉さんが帰ってくるのを待っていた。

日野と綿矢と出会って自分の世界を作るまでは。ただそれだけを望んでいた。それが自分の人生だとすら信じていた。

「俺たちはどうなる」

「このままやっていこう。今、僕も公務員試験の勉強してるから。それで、二人ならなんとかなるよ」

「早苗は、あいつは、俺を馬鹿にしてる」

「なんでそんな風に思うんだよ」

「父親としてもだめで、小説家としても、いや、小説家ですらない俺を見下して、馬鹿にしてるんだ」

「そんなわけないよ」

「じゃあ、どうして黙って出ていったんだ」

沈黙が下りた部屋で、僕は父さんをじっと見つめた。

その視線には気付いているはずなのに、父さんは僕を見ようとはしなかった。

「話したら引きとめるでしょ。そうなると姉さんはきっと出ていけない。だから」

「だからって……。黙ってさ、出ていくのは、反則だろ。家族なんだから」

家族。僕と姉さんが父親を求めている時に、父さんは父親の役割をしなかった。

そのことだけは言っちゃいけないと、僕は握りかけた拳を解く。

「そうだよ。家族だよ。だからさ、姉さんのこと、お祝いしてあげようよ」

「俺は小さい頃から、あの賞を、芥河賞を取ることが夢だったんだ。新人賞も、いいところまでいった」

「父さんのそういう血があったから、姉さんは賞を取ったんだよ。父さんが買った本が周りにもあったから」

「そうか、そうやって俺の自尊心を満足させて、誤魔化そうとしてるんだな。お前だって恋人が出来てるんだ。結婚とかしたら、いなくなるんだろ。俺、一人になるんだろ」

痛みを伴って、日野の微笑んでいる姿が頭に浮かんだ。

だけど僕たちがどうなるかなんて、分からない。彼女の記憶障害もそうだ。

「結婚なんて、そんなの、まだ想像できないよ」

「そうか……俺は大分、酔ってるな」

「そうだね。今だから言うけどさ、自分自身にも酔ってるよ。妻に先立たれた自分に。

それでも小説にしがみついてる自分に。小説家になれるかもしれないっていう、妄想にも――

普段ならしない強い口調で言うと、父さんはそこで初めて僕と目を合わせた。

顔を向けて話すことや冗談を言い合うことはあっても、ちゃんと目を合わせたことはなかった。現実を直視するのを避けるように、父さんはそれを避け続けていた。

いや、父さんだけじゃない。僕もそうだ。

何も変わらず、何も変えられず、ただ逃げ続けていた。

気まずさが部屋に満ち、僕らは無言になる。二人の目はまたそれていた。

「なんだそれは、まったく」

父さんは発泡酒の缶を手に立ち上がり、自分の部屋の方へと歩いていこうとする。

その背中を見送りながら、考えた。

今日も僕は何も変えられないのか。このまま明日以降も、何事もなかったフリをして逃げ続けるのか。本当に伝えたいことも伝えられず、家族の確執を残したまま。

どうすればいい。誰か教えてくれないか。なぁ、誰か……。

不意に、日野の姿がまた脳裏を過る。

時々だけど、今日の麦藁帽子の一件のように小さなすれ違いが二人の間にあった。

僕は出来るだけそれに気付かないフリをして、見ないフリをした。

そんな小さなこと、彼女の抱えている大きなことに比べたらなんでもないからだ。

僕は毎日、懸命に生きる日野の姿を目の当たりにしてきた。

時間や可能性、未来を奪われた彼女のことを。それでも前向きに生きようとしている彼女のことを。

僕はさっき、日野の部屋でいったい何を見てきた。何を盗み見た。

彼女は毎日、困難と向き合っている。それに比べて自分はどうだ？

今日、今、何かが変えられるかもしれないタイミングで逃げるのか。それでいいのか？

日野と僕が、僕たちがどうなるかなんて分からない。

それでも僕は——彼女に誇れる人間になりたい。

気付くと僕は、父さんを追いかけてその肩を摑んでいた。

「父さん。僕たちは変わらなくちゃだめだ。もう逃げるのはやめよう」

そんなことを言われるとは思ってもいなかったのだろう。父さんは僕の手を払いながら、振り返った。

「俺は、逃げてるわけじゃない。ただ、才能がなかっただけだ。才能さえあれば、俺だってすぐに小説家になれるんだ。人生設計だって、それで組み立て直せる」

父さんが睨みつけるように僕を見ている。身長はもう僕の方が高くなっていた。

「だったら、ちゃんと傷付いてよ。失敗してよ。そこから何か学んでよ」

「どういうことだ。俺は、ちゃんと傷付いている」

「自分に酔うのはもうやめてくれよ。そうやってれば楽だよね。自分を悲劇の主人公にして、それを自分で小説にして、出しもしない新人賞の原稿だといって、書いてれば」

その一言は、父さんの表情からいっとき全ての感情を奪った。

僕は知っていた。

父さんは小説家を目指しながらも、その実、もう諦めてしまっていることを。

「俺は、俺は、そんなことはしてない」

「嘘つかないでくれ」

「本当だ。俺は、ちゃんと、小説家になりたくて。そういう人生設計を、今でも」

「父さん、もう嘘はうんざりだよ。傷付きたくないから、出さないんでしょ？　あんた、小説家になりたかったんだろ。だったら、だったら、傷付くことを恐れるなよ！」

「透っ！」

襟首を父さんに掴まれ、僕らは近い距離で見つめ合う。

あるいは僕は今日、父親に初めて手を上げられるのだろうか。

それでも構わなかった。人は前に進もうとするなら、ちゃんと傷付かなければならない。そこから逃げてはいけない。自分に酔って、傷付くことを誤魔化してはいけない。

僕らは目をそらさなかった。いよいよかと覚悟をした。

だけど父さんの目は怒りではなく、悲哀のような、そんな色を帯びていて……。

「知って……たのか。俺がもう、応募してないこと。原稿を、送ってないことを」

急に自分の呼吸が荒くなる。いや、きっとずっと呼吸は荒かった。それに今、ようやく気付けたんだろう。

父さんの手が、僕のシャツの襟から離れる。

「ごめん。一度見たんだ、父さんの部屋を掃除してる時に。封筒に新人賞のあて先まで書いて原稿も入ってるのに、送られてないものが押入れに沢山あった。確証はなかった。でも、ひょっとしてそうなのかもしれないと思った。父さんはもう、応募してないんじゃないかって。諦めてるんじゃないかって」

父さんは僕を見ずに、ただくすんだフローリングを見ていた。

「だけど父さん、知ってほしいことがあるんだ。僕と姉さんは、父さんに感謝してる。朝から晩まで働いてくれて、僕らを養ってくれた。現に今も、僕は父さんに養われてる。小説家じゃなくたって、父さんは立派な父親だよ。でも、もう逃げるのはやめよう」

僕が伝えたいことは、これが全てだ。あとは父さんの反応を待った。

砂時計を眺めるように、時間がゆっくり過ぎていく。

どれだけそうやって、二人で無言で立ち尽くしていただろう。

ポツリと言葉をこぼすように父さんが言う。

「こんな風に、お前と話したことは、なかったな」

目を向けると、父さんは口角を上げて必死に笑おうとしていた。

「そうだね」

「お前は最近、少し変わったな。恋人が出来たと言ったあたりからか」

「うん……そうかもね。とっても、素敵な人なんだ」

「そうか。いい人に出会えてよかったな。ちゃんと、その、大切にしろよ」

僕が頷くと、それから父さんは大きく息を吸い、吐いた。

「傷付くことを恐れちゃいけない……か。その通りだな」

それはまるで、長い酩酊《めいてい》から醒《さ》めたような、そんな声だった。

「言葉が過ぎたなら、謝る。ごめん」

「いや……謝るのは俺の方だ。すまん。ずっと、俺は逃げていたな。逃げていた。現実から逃げ続けていた。家事も、何もかも早苗やお前に任せて、俺は逃げていた。おまけに応募もやめていた。お前が言うように、傷付くのが怖かったんだ。母さんを失って、その上、自分に才能がないと知ることが怖くて……逃げ続けていた」

脱力してしまったのか、父さんが力なくその場に座り込む。迷ったが、僕も隣に腰を下ろした。お互い、どうしていいか分からなかった。父さんは手にしていた飲みかけの発泡酒の缶に目を落とし、軽く握り込んでいた。

例えば僕ら親子みたいな人物が登場する小説なら、二人はどんな風に分かり合えただろう。フィクションのように物事は進まない。現実はこんな風にいつも乾いていて、途方に暮れている。座り込んで、へたり込んでいる。

それでも、現実は動き続けている。

何か作ろうかと言うと、いや、大丈夫だと、父さんはそう応じた。

一つだけ確かなことがあるとするなら、僕たちは大切なことを伝え合った。それは進歩と呼べるものだ。この先、何があっても僕は逃げない。父さんと向き合い続ける。

父さんも父さんでその時、きっと何かを考えていたんだろう。

お互いが無言でいると、「やっぱりあれ、作ってもらってもいいか」と父さんが言う。

僕は顔を上げた。父さんが、下手な笑顔で続ける。

「ぼろぼろ玉子、久しぶりに……食べたくなってさ」

それは父さんの好物の一つで、姉さんがよく作っていたものだ。元を辿ると母さんの実家で作られていたものらしい。

半丁の豆腐を切らずに小鍋に入れ、ダシの素と醤油《しょうゆ》、みりん、砂糖、溶き卵を加えて崩すように炒《いた》め、汁気を飛ばす。

正式名称は分からない。僕たちはぼろぼろ玉子と呼んでいた。

僕が台所で手早くそれを作ると、父さんは大きめの茶碗《ちゃわん》にご飯をよそった。気恥ずかしそうに、だけど何かを求める顔で僕を見てくる。

それが父さんが僕に示した、彼なりのコミュニケーションだった。

仕方ないなと、僕はぼろぼろ玉子をご飯の上にかけた。

姉さんは行儀が悪いと言って禁止していたが、隠れてそうやって食べるのが父さんは好きだった。それを食卓椅子に腰かけて頰張りながら、父さんが言う。

「なんだ……その、今度、料理とか教えてくれ」と。

思わず父さんを見つめると、バツが悪そうに微笑んだ。

「すまないが、一度に、すぐには変われない。だけど俺も、ずっと機会を探していたんだ。それで……」

また、父さんが懸命に笑おうとする。

誰だって、きっとそうだ。良い人間になりたくない人間なんて、一人もいない。

父さんと僕は逃げ続けていたけど、悪い人間になったわけじゃないんだ。

ただ光を見失っていただけなんだ。日野から光を貰った今の僕には、それが分かる。

その笑顔のぎこちなさに、僕も笑ってしまった。するとまた父さんが笑う。

そして食器などを二人で片付け、時刻が十時を回ろうかという頃。滅多に音を発することのない家の電話が、着信を知らせて鳴った。

父さんは疑問に思ったようだが、すぐに何かに思い至ったらしく僕に視線を向けた。

僕が頷きを返すと、緊張した面持ちで父さんが受話器を取る。

「はい……あ、あぁ、早苗か」

再び父さんが僕を見たが、僕はそれに気付かないフリをした。窓辺に近づき、窓を開ける。新鮮な夜風が部屋に入ってくる。背後では父娘《おやこ》が数年ぶりに会話をしていた。

「いや、違うんだ。違う。謝るのなら俺の方だ。俺は、情けない父親で。そういう自分に……いや、もう言わない。すまない。あぁ、それで早苗、今日はめでたい日じゃないか。うん、あぁ、驚いた。まさか、自分の娘がな。うん、あぁ、うん」

やがて父さんは鼻を啜ると、感極まったように言った。

「早苗、おめでとう。本当に、おめでとう」

僕は自分の体の芯が震えたのを悟り、黙って空を見上げた。

少しだけ、泣いた。


姉さんが我が家を訪れたのは、芥河賞の発表から十日以上経った頃のことだった。

「よく綺麗にしてる。さすがは私の弟ね」

数日前に再び姉さんから連絡がきて、父さんはそれからずっと浮かれていた。

あの日の翌朝から、父さんは家事に進んで参加するようになった。

料理に挑戦し、失敗し、僕が教えながら少しずつ家庭のことを覚えていく。

今日は朝から掃除にも張り切っていて、夕飯は自分が作るのだと豪語した。

我が家の状態に感心している姉さんに、僕は言葉を返す。

「それが、僕だけが掃除してるわけじゃないんだ。父さんも、手伝ってくれてるんだ」

そう伝えると、姉さんは本当に驚いた顔をした。

父さんがそのやり取りを、恥ずかしそうに引き取る。

「その、なんだ……。色々とふっきれたよ。やってみると料理や掃除も楽しいところがあるしな。小説を書くのも、しばらくやめようと思ってる。逃避の手段じゃなくて、自分自身に向き合うように小説に向き合うことが出来たら……。その時は、書こうとも思ってる。それで早苗、欲しい本があったら持っていけよ。初版本でも、なんでもいいぞ。本も少し減らさなくちゃと思ってたしな」

姉さんが父さんを見つめる。父さんは一度俯いたが、恥ずかしそうに笑った。

「私が……私が小説を書こうと思ったのは、お父さんの影響なの。小説を書くという行為は、お父さんのお陰で近くにあった。でも……初めは私もそうだった。今の自分から逃げたくて書いていた。でもある時からそうじゃなくなった。自分を拡張していくためのものかもしれないって、自分自身の新しい言葉、自分自身の新しい考えと出会える場所かもしれないって、そう思うようになったの」

姉さんの言葉を前に父さんは口を結ぶ。感じ入って泣きそうな顔になっていた。

そんな父さんを姉さんは見つめていたが、空気を変えようと口調を明るくする。

「それで……そうね。ちょっとこの家は本が多すぎて、衛生的によくない面もあったから。お言葉に甘えて貰っていこうかな。いいかしら、お父さん」

「あ、あぁ。そうしろ。それがいい」

「でもいいの？　私、容赦しないからね」

姉さんがそう言うと、同じようなタイミングで二人は笑った。

それで全てのわだかまりがなくなったとは言わない。

父さんは父親であることよりも小説家であることを選ぼうとして、それが叶わず、姉さんはそんな父さんのことを知りつつも家のことを引き受け、ある時から小説家となる道を選んだ。お互いに、そのことを負い目に感じている。

それでも二人は笑っていた。それぞれのやり方で、前に進もうとしていた。

エアコンのあまり効かない我が家は暑かったが、耳を澄ませば光の降る音すら聞こえてきそうな、そんな気がする気持ちのいい夏の日だった。

5

八月二十六日（火曜）　夏休み

自宅での朝：変わりなし。

自宅での昼：クロッキー。洋画を見ながら七枚を仕上げる。驚くほど調子がいい。描いている途中でも的確に線を捉えている自分にびっくりし、描き終えたものを見てニマニマしてしまう。調子に乗ってもう五枚仕上げたら手が痛くなった。明日の私に迷惑をかけないように、ちゃんとマッサージしてケアしておいた。

今日の彼氏くん：今日は彼氏くんと図書館で、花火大会について話した。夏休みの最終日に隣町で花火大会が行われるのだ。

ちょっと迷ったが、思い切って誘ってみるとすんなりOKをもらえた。やった。私はその花火大会は初めてだけど、彼氏くんは小学生の頃にお姉さんとお父さんと行ったことがあるらしい。そのお姉さんは久しぶりに、しばらく家にいるとのこと。ふむ。ならお姉さんも誘ってみたらどうかと提案したら、ちょっと彼氏くんは慌てていた。一見してクールなんだけど、そういうところ結構可愛いなって思う。

お姉さんの件は相談してみるということになって、それから本屋さんに行った。

記憶障害になる前は、見たり読んだりした記憶を消してまた味わいたい、とか思った作品もあった。実際に昨日の私たちは見たことのない映画をレンタルして、何本かお気に入りを作ったりもしてるみたいだ。小説は読むのに時間が必要だから難しいけど、映画や漫画ならお気に入りも作れる。気になるタイトルの漫画を何冊か買ってみた。

一方、彼氏くんはお姉さんのインタビューが載っているという雑誌を立ち読みしていた。シスコンだねぇとしみじみ言うと、焦って何か答えていた。

その彼氏くんに別れ際に尋ねられた。今日も麦藁帽子を忘れたのかって。

私は以前、失敗してしまったみたいだ。二人で麦藁帽子を見たことを忘れていた。彼氏くんがプレゼントしたがっていたことも日記には書いてあったのに、それも確認し忘れていた。何も覚えてないままに、麦藁帽子を買ってしまった。

実はちょっとサイズが合わなくて、と笑って誤魔化すと彼氏くんが鞄の中から何かを取り出す。アクセサリーだった。ピンが付いているひまわりの造花だ。

あの麦藁帽子に似合うかもしれないからと言って、照れながらプレゼントしてくれた。

多分、私たちが彼氏くんを気にして、あの麦藁帽子を被らないようにしていることに、気遣ってくれたんだと思う。

どうしてこの人は、こんなに優しいんだろう。

昨日の私たちが感じていたように、今日の私もまたそう感じた。私が大切なことを忘れていても、そのことを気にせずにこうして彼は今日も優しくしてくれる。

彼が自転車に乗って去っていく姿を見送りながら、ひまわりの造花を握り締めた。

胸が何かを訴えるように、締め付けるように痛む。

私はひょっとして、彼のことを好きになりかけているのかもしれない。


私は朝から、その日記を読んで落ち着かなくなっていた。

今日は八月三十一日。夏休みの最終日だ。手帳で予定を確認すると、間違いなく今日がその約束した花火大会の日になっている。

昨日のうちに用意したらしく、目覚めると机の上には折りたたまれた浴衣があった。そこに付箋が貼られ、私を模したポップなイラストとともにこんな文字が綴ってあった。

《今日の私の分も、楽しんできてね！》

改めて窓の外を眺めると、夏の午後らしい真っ白な陽光が溢れていた。

景色はまるで、移り気な画家のキャンバスのようだ。昨日までは若々しい緑色が視界に広がっていたのに、新たな絵の具がそこに盛られている。風景が上書きされている。

気を落ち着かせて、私は今日の予定を再び確認した。

花火大会は午後七時から始まる。

その前に彼氏くんと隣町の駅前に、四時に待ち合わせることになっていた。花火大会による駅の混雑を避けるためでもあり、二人でゆっくり話すためでもあるようだ。

泉ちゃんは今日、花火大会に来ない。私が誘ってみたらしいけど「夏の最後のイベントだし、二人で楽しんできなよ」と遠慮されてしまったということだ。

手帳や日記を読み込んでいると、すぐに時間が過ぎてしまう。午後の二時になると私は浴衣を自分で着付けしてみた。過去の私たちが分かりやすい動画を見つけてくれていて、それを参考にするとすんなり一人でも着付けすることが出来た。

白を基調として青い花が咲いた、華美すぎない落ち着いた浴衣だ。お母さんのお古を貸してもらってるみたいで、どうりで少し大人っぽい。

鏡の前で髪をアップにする。軽く化粧をしてこれで完成。とはならなかった。

机の上には浴衣の他にもひまわりの造花が置かれ、そこに付箋も貼られていた。

《ワンポイントで一つ、ひまわりを着けるとよいかも。彼氏くんがくれたものなのだ》

朝目覚めると、私は記憶障害になっていた。落ち込む心を励まして手帳や日記を読むと、なんと恋人が出来ているという。

そして、その知らない恋人からもらったプレゼントがある。

普通なら困惑するだけだろう。以前の私だって、そう感じたはずだ。でも……。

ひまわりの造花を手に取る。普段は麦藁帽子に留めているみたいだけど、ヘアアレンジに使えなくもない。そっと髪にヘアピンで留めてみた。

普段の私ならしないようなファッションだ。でも不思議と悪くない気もする。

そのひまわりの造花をどこか大切に思っているような、そんな自分がいる。

『私はひょっとして、彼のことを好きになりかけているのかもしれない』

日記のポエミーな文章が脳裏を過ったが、それを振り払う。

よしと覚悟を決めて、少し早いけど出かけることにした。

持ち物も事前に花火用に準備されていて、それを持って出かけるだけでよかった。

浴衣で自転車は危ないので、お母さんに駅まで送ってもらう。

約束している隣町の駅まで送ろうかと言われたが、それは恥ずかしいので遠慮した。

駅に着き、電車に乗って隣町で降りる。駅前に人はまだ少ない。約束の時間まで十分あったのでコンビニにでも行こうかと思ったら、誰かが私に声をかけてくる。

「日野」

振り返ると、紺色の浴衣を着た細い人がいた。

私を見て微笑んでいる。家にいる時に写真で確認した、彼氏くんだ。

あれ、なんだろう。少しドキドキする。

「あ、えっと、その。こ、こんにちは」

だけど突然声をかけられたものだから、私は戸惑ってしまった。

そんな私に気付いたのか、彼氏くんが一瞬だけ寂しそうな顔になる。

あ……やってしまった。彼からすると普通に恋人に声をかけただけなのに、まさか戸惑われるなんて思わないだろう。

でも彼氏くんの反応は錯覚かと疑うようにほんの一瞬のことで、また笑顔になった。

「浴衣、すごく似合ってるな」

「え、そ、そう？　ありがとう。彼氏くんもよく似合ってるよ。すごいね、自分で着たの？」

「うん。とは言っても男物は簡単だけどな。午前中に練習したんだ」

「へぇ……ん、浴衣を着る練習？　ひょっとして裸で？」

「日野は本当、いつもどういう着眼点をしてるんだよ」

ぎこちなくなってしまった空気感も、冗談を言うことで乗り切ることが出来た。

どれだけ仲良くなっても、どれだけ心が通じ合っても、そのことを私は忘れてしまう。

彼氏くんはそんな私の状態のことを知らないでいる。

でも、本当にそうなんだろうか。

「それじゃ、時間まで喫茶店にでも行こうか。チェーン店で申し訳ないけど、今日の会計は僕に任せておいてよ」

そんなことを考えていると、彼氏くんが優しい声で提案してくる。

「お、彼氏くんらしからぬ発言。でも残念でした。今日は仲良く割り勘ね」

「まぁじゃあ、お金は花火大会まで温存しておくか」

そうやって言葉を交わしながら、二人で喫茶店に向かう。

駅前のチェーン店には、私たちと同じように浴衣を着たカップルが何組かいた。

窓際の席に案内され、腰を下ろす。

「えっと、それで、今日はお姉さんもいらっしゃるんだよね」

数日前に私が提案したらしいことを再確認する。せっかくお姉さんが戻っているのなら、一緒に花火大会に参加できないかと思ったようだ。そこで彼氏くんが話を持ちかけたところ、お姉さんの希望もあって会場で軽く顔合わせをすることになった。

「あぁ、ちょっと早いけど六時に会場近くの橋で落ち合うことになってる」

「そっか。なるほど。少し緊張してきました」

言葉通り、私は本当に緊張しているのかもしれない。いつもとは違う丁寧口調になってしまっていた。

「意外だな、日野でも緊張することがあるんだ」

「そりゃありますよ。例えば……あれ、最近はいつだったかな」

考え込んでしまった私を前に、彼氏くんが笑う。

そのことに私が抗議すると、ごめんごめんと彼氏くんが謝った。

「でも姉さんに関しては別に大袈裟なことじゃないから。ちょっと顔を合わせる程度のことだし、そんなに緊張しなくて大丈夫だよ」

「うん。でも私から提案しておいてなんだけど、お姉さんって結構有名人だよね。出歩いて大丈夫なのかな？」

「僕たちが思っている以上に、案外気付かれないみたいだよ。特に花火大会の会場は人で込み合ってるから、髪型も変えていくし大丈夫だろうって話だ」

それからも色んなことを話していると、時刻は五時半を過ぎた。周りに浴衣を着た人が多くなり、何組かはそろそろ行こうかと腰を上げていた。私たちもそれに倣《なら》う。

花火大会の会場はそこから歩いて数分の、町の中の河川敷《かせんじき》にあった。周囲には飲食店が提供する出店のほか、お祭りで見かける屋台もある。既に多くの人で賑わっていた。

花火大会だけあってカップルも多い。手を繋いでいる人たちもいた。そのことには彼氏くんも気付いたみたいだけど、特に何かを言ってくることはなかった。

どうしよう。やってしまおうか。初めてのことだけど別に嫌じゃない。

ちらちらと、男の人らしい筋張った彼の手に視線がいってしまう。

「えいっ」

気付くと大胆な行動に出ていた。彼氏くんが驚いたような反応を見せ、私に視線を移す。平気なフリをして私は目を合わせる。でも心臓は自覚できるほどに脈打っていた。

「ど、どうしたんだ、日野？」

「いや、ほら。はぐれちゃわないようにと思って。それにご家族の方に会うんだったら、ちょっと恋人らしいことをしてみようかと思いまして」

「大胆なんだな」

「あら？　お気付きじゃありませんでした？」

早口になっている自分に焦る。こんなことをしている自分に恥ずかしくなる。

でも、今日の私は今日限りの私だ。今日という一日に、悔いは残したくない。

私たちは擬似恋人同士ではなく、手を繋いで本物の恋人同士のように歩いた。

会場に近づくにつれ、身動きが取れないくらいに人が集まってくる。

今さらながらに実感する。私はいつの間にか彼氏くんを作り、その彼と一緒に夏の最後の花火大会に来ている。

「びっくりだな、本当にこんなことしてるんだ。恋人と、夏の花火大会に来てるんだ」

「どうしたんだよ、改まって」

突然変なことを言い出す私に、彼氏くんが尋ねてくる。

「いや、地に足の着かない心地で実感がなかったんだけど……それを急に自覚して楽しくなってきたというか、なんというか」

誤魔化すように言うと、彼氏くんがさっぱりとした顔で笑う。

「楽しもう、日野。僕はそれなりに頼りなくてそれなりに甲斐性がないけど、誠実さだけは誰にも負けないつもりだ」

頼りなくて甲斐性がない。だけど誠実。彼氏くんの台詞につい笑顔になってしまう。

「そんな情けないのか頼もしいのか分からない台詞、初めて聞いたよ」

その言葉に彼は笑みを深め、私は手を強く握った。

会場は夏の終わりを彩るように、茜色を徐々に失う空の下で賑やかな色を放ち始める。

粘つくような暑さも、あまり気にならない。

お姉さんとの集合場所にしている橋の近くに赴くと、爽やかな風が吹いた。「いい風だね」と言うと、彼氏くんは柔らかい眼差しを私に向けた。

「透。よかった、すぐに見つけられて」

そんな私たちに、細く透明な声が投げかけられる。

振り向くと恐るべき美人がいた。彼氏くんのお姉さんだ。インターネットで顔は確認していたけど、実物は透明感が違った。

「姉さん、すんなりと会えてよかった。あれ？」

そこで彼氏くんが何かに気付いたような声を上げる。彼の視線を追うとその先には、白いポロシャツを着た五十代くらいの男性がいた。誰かに似ているような……。

「父さん……来てたんだ」

「あ、あぁ。その、護衛だ。早苗の。有名人だからな」

二人のやり取りで、お姉さんの隣にいた男性の正体が判明する。

彼氏くんのお父さんだった。まさかいらっしゃるとは思わず途端に緊張してしまう。

そのお父さんが私の存在に気付き、一瞬だけなぜか怯《おび》えたようになった。

「……こ、こんばんは」

ぎこちなく挨拶すると、お父さんも返してくれた。

「あ、ど、どうも」

それからお父さんは急にきょろきょろと辺りを窺うと、胸ポケットを叩いた。

「ちょ、ちょっとタバコが切れたから、買ってくる」

そう言って背中を向けると、お祭りの雑踏に消えていった。

藍色の落ち着いた浴衣を着たお姉さんが、彼氏くんへと困り顔になって笑う。

「ごめんなさい。本当なら一人で来る予定だったのだけど、恋人さんのことを話すと急に自分も行くって言い出したものだから……タバコなんて吸わないのにね」

それに彼氏くんが、苦笑するような顔付きとなって応じる。

「いや……驚いたけど。父さんも父さんなりに、逃げないことにこだわって頑張ろうとしてるのかもしれないって、少し思った。ヒゲまでちゃんと剃ってくれてたし。ただ単に、自分ひとりだけが家にいるのが寂しかっただけかもしれないけど」

逃げないことにこだわって頑張ろうとしている？

その言葉に困惑する思いだったが、彼氏くんとお姉さんとの間で意味は通じるらしい。

二人ともどこか愛しいものを見るような目で微笑んでいた。

やがてお姉さんが私へと視線を向けてくる。彼氏くんと繋いでいる手に注目した後、口元を和らげた。

「こんばんは、貴女が透の彼女さんね」

「あ、はい！　こんばんは。その、本日はお招きいただき……あれ、違うか。えっと、透くんとお付き合いさせてもらってます。日野真織です。よろしくお願いします」

顔を合わせる程度とはいえ、挨拶はやっぱり緊張する。しどろもどろではあったが、お父さんとの時よりはちゃんと言えた。頭を下げるとお姉さんも下げ返してくれる。

「透の姉の、神谷早苗です。よろしくお願いします」

改めてお姉さんの顔を見る。彼氏くんとは似ていないと思ったけど、似ている部分もある。優しそうな目とか、特にそっくりだ。

私がその澄んだ瞳に見入っていると、お姉さんが頬を緩めた。

「それじゃ、挨拶も出来たし、二人はお祭りを楽しんできて。私はお父さんを探すことにするから」

「え？　あ、もうですか」

私が引き留めようとすると、優美な悪戯とでも名付けたくなる顔をお姉さんが作る。

「気を遣ってくれてありがとう。でも、二人の邪魔をしたくないし……ね、透？」

「いや別に、そんな邪魔だなんて」

話を振られた彼氏くんは慌てていた。

そんな彼の反応をお姉さんは微笑ましそうに見つめ、別れの言葉を口にする。

「二人とも、気をつけてね。真織さん、また会いましょう」

お姉さんはそう言うと、お父さんの行方に見当でもついているのか去っていった。

私の口から弛緩《しかん》した息が漏れる。

「あ〜〜緊張したぁ。実物はまたすごい綺麗だね、透くんのお姉さん」

「自慢の姉だよ。ようやくしたいことが出来て、姉さんも少し柔らかくなった」

そう言って遠くを見つめる彼氏くんの横顔は、どこか誇らしげでもあった。

「そっか。あ、そういえばお父さんのことなんだけど何かあったの？　ちょっと意味深な会話をしてたよね」

尋ねると、彼氏くんは私に視線を転じる。じっと私を見つめていた。

「実は、父さんとの間に少しばかり確執みたいなものがあったんだ。でもそれをこの間、きちんと話し合うことが出来てさ」

それから彼は話した。彼氏くんの家族のこと。お父さんとの確執のこと。そしてお父さんとお姉さんがまた、心を通わせたことを。

全てを聞き終えると、私は軽く俯いた。

「そっか。私の家から帰った後、そんなことがあったんだね」

彼はそうやって毎日を積み重ねている。少しずつでも確実に前進している。

では自分はどうだろう。考え込んでいると彼からの視線を感じた。

「だけどな日野。僕が父さんと向き合うことが出来たのは、君のお陰なんだ」

「え？　いや、でも私、なんにもしてないよ」

不思議に思って見つめ返すと、彼は何も言わずに笑っていた。

お世辞や嘘で言ったんだろうか。だけど彼の性格からしてそれは違うと思う。

じゃあ本当に、私は何かを出来ているんだろうか。彼氏くんからもらってばかりだと思っていたけど、少しでも与えられているものがあるんだろうか。もし、そうなら……。

それは、救いのようにも感じられる。

彼と繋いだ手に、自然と力がこもった。彼も握り返してくれた。

「行こう、日野。お祭りは今日限りだ。楽しもう」

「お、いいね。楽しんじゃおう」

私たちはそれから、お祭りの中のありふれた景色にまぎれる。

どこにでもいるカップルのようにはしゃぎ、二人の手を食べ物で一杯にし、いらないものを買い、普段ならやらないことをして楽しんだ。

たこ焼きを買う。まず私が食べてみて美味しかったので、一つを爪楊枝《つまようじ》で刺して彼氏くんに差し出すと、恥ずかしそうに顔を背けた。

その反応が面白くてからかうと、せめて別の爪楊枝にしてくれとかなんとか、そんなことをごにょごにょと彼氏くんが口にする。

言われて気が付く。これ、間接……私の方が恥ずかしくなった。

二人で射的をする。私が大物狙いで苦戦している一方、手足が長い彼氏くんは小さなものを堅実に獲っていく。

男の子だったら夢を狙わなくちゃ、そう言うと、小さな幸せを集めることも大切だと応じてきた。すると私の次の一発が、景品と書かれた札に当たって運よく下まで落ちた。

二人で大喜びしていると、景品はお菓子の詰め合わせで、彼氏くんが獲ったものとほとんど変わらなかった。でも、そんなことも楽しかった。

たくさん笑った。ひと夏の想い出を、一日に込めた。

本当に楽しい時間だった。人生でこんなに楽しんだことなんて、ないんじゃないかと思えるくらいだ。私は自然と彼に惹かれ、彼も私を慈《いつく》しんでくれていた。

そして時刻がきて、夜空に花火が上がる。それを河川敷から二人で眺めた。

大勢の中の一人であることを、昔は窮屈に感じたりもした。

でも今はなんでもない大勢の中の二人であることに、心が落ち着いた。

皆と同じように花火を見上げて言葉を失くし、重ねた手に力を込める。

そうしながらふと、私の感情の行方について思いを巡らせた。

記憶と同じように、今のこの感情も消え去ってしまうんだろうか。根付くことはないんだろうか。あくまでそれは情報として頭では処理され、情緒の動きが蓄積されることはないんだろうか。

願わくば、残り続けるものがありますように。

このひと時の感情が、明日の私にも繋がっていきますように。忘れませんように。

気付くと私の口から、そんな言葉がこぼれていた。視界が滲《にじ》んでいる。

「忘れたく……ないよ」

あれ？　どうして、どうしてだろう……涙が、とまらなかった。

忘れたくなんて、なかった。こんな大切なひと時を忘れるなんて、日記にしか残せないなんて、そんなの嫌だった。だって人生はいつだって一度きりだ。どんな瞬間だって取り返しはつかない。だから人はそれを大切にする。宝物にしようとする。

それを覚えていられないなんて、そんなのひど過ぎる。悲し過ぎる。

繋いでない方の手で涙を拭う私を、彼氏くんが見ていた。

「忘れないよ、僕はこの日のことを」

その声は花火の音にまぎれることなく、はっきりと私の耳に届いた。

「わ、私だって。忘れない。忘れるはずないのに……変だな、楽し過ぎちゃったのかな。涙が、とまらないや」

そう言ってさめざめと泣く私の手を彼氏くんが握り締める。

「忘れるのは、人の常だよ。でも大丈夫。どんな記憶も、完全に消えるわけじゃないから。僕はそう、信じてるから」

涙を必死にこらえようとしながら、隣にいる優しい人を見た。

改めて思う。ひょっとして彼は、私の記憶障害のことを知っているんじゃないのか。知っていて、気付いていて、あえて気付かないフリをしているんじゃないのか。

もし……仮にそうだとしたら。私はもう、何も恐れることはないのかもしれない。

手に力を込めながら、願った。お願いです。人に出来るだけ優しくします。我儘も言いません。両親にも、日々感謝して生きます。だからこれからも、彼の傍にい続けることが出来ますように。どうか、どうか。

一瞬、涙で滲んだ影響か、視界から彼が消えたような気がした。

焦って手に力を入れると、彼はちゃんとそこにいて手を握り返してくれた。

「どこにも行かないでね、透くん」

「大丈夫だよ。僕はずっと、日野のすぐ傍にいるから」

その声を掻き消すように、夜空に叶わない夢の花がまた咲いた。

空白の白

1

夏休みが終わり、新学期が始まる。

つまりは真織と神谷が付き合い始めて、三ヶ月が過ぎたということになる。

忘れもしない、もう少しで五月が終わろうとするあの日。

今まで全く面識がなかった神谷に、真織が放課後になって突然呼び出された。

『彼と付き合うことにしました』

図書室の前で合流した真織にそう告げられた時、私は心底驚いた。

真織は記憶に障害を抱えている。一日と続けて新しい記憶を蓄積させることが出来ない。見知らぬ人間と知り合っても、翌朝にはその誰かは見知らぬ人間に戻ってしまう。

そんな状態にも関わらず、真織が恋人を作ろうとしていることが信じられなかった。

『というか、どうしてまた？』

『告白されたの。だからね、付き合ってみようかと思って』

『ちょっと意味が分からない。えっと、神谷だっけ。ちなみにソイツに記憶のことは』

『教えてないし、教えるつもりもないよ。でもね、こんな状態でも何か新しいことが出来るかもしれないって考えたら、試してみたくなって』

翌日の休み時間に会いに行った神谷は、なんとも特徴がない奴だった。

真織のことについて尋ねても、どうもハッキリとしない。

だから私はすぐに別れることになるだろうと思った。告白までしているくせに、神谷は真織のことをあまり好きじゃなさそうなのだ。

だというのに二人は今、私の想像を超えて長く付き合っている。

ある時から、神谷が変わったのだ。

最初に気付いたのは、神谷と真織が自転車で二人乗りをしている姿を見た時だ。

傍目から見ても分かるくらいに、神谷が真織を大切にしようとしていた。

思えばあの頃には、神谷は真織の記憶障害を知っていたんだろう。

しかし、どうして神谷は変わったんだろう。

自分の恋人が記憶障害だと知ったら、普通は離れるものじゃないだろうか。

二学期が始まり、あっという間に数日が経つ。放課後の帰り道、真織と肩を並べて歩く後ろ姿を眺めていたら神谷は突然振り返った。

「どうしたんだ。何か僕についてた？」

そのすっとぼけた顔に、どうでもいい言葉をぶつける。

「頭がついてる」

「まぁ、ついてなかったら大問題だろうけどさ」

「大丈夫だって彼氏くん。取れちゃったら、私が素敵な頭部を見つけてあげるよ」

「いや日野、どこかのアンパンヒーローじゃないんだから」

真織の記憶障害——前向性健忘は簡単に治るものじゃない。

そもそも治療法が確立していないのだ。一週間後に突然治るかもしれないし、一年、二年、三年、いや、五年経っても治らないかもしれない。

真織本人はもとより、それを支える家族、恋人には忍耐力が必要となる。

それでも、と思う。それでも神谷なら、家族や私以上に真織を支えることが出来るかもしれないと。

実際に神谷はこれまで、真織の日常を支えた上で変えてきた。夏休みも毎日のように会っていたと聞く。真織に絵を描くよう勧めたのは神谷でもあった。

真織の脳には記憶が蓄積できなくても、体の感覚として残っていくものがあった。

恥ずかしい話、そのことに全く思い至らなかった。

絵を描くようになってから、真織の精神は前以上に安定した。神谷には話していなかったが、真織は過去に大きく精神を乱したことがあった。

真織の両親と私は、そのことがずっと気がかりとなっていた。

五月の中ほどのその日、真織はなんの前触れもなく学校を休んだ。

連絡しても反応がない。心配になって真織の自宅を放課後に訪れると、真織の母親が顔を引きつらせていた。

真織の記憶は毎日リセットされても、精神の状態はリセットされるわけじゃない。

脳内物質などの関係上、前日の精神の状態を引きずっていることもある。

その日の朝、目覚めた真織は記憶障害のことについて母親から説明を受けると、『そんなの耐えられない』と言ったそうだ。

『そんな状態じゃ、生きてても意味がないよ』と。

『私のことは放っておいて』と。

そのまま食事を取ることもなく、部屋にひきこもってしまったという話だった。

真織の母親は、ある病をしきりに心配していた。

前向性健忘の合併症として、うつ病を患ってしまうケースがあると担当医から聞かされたというのだ。

それも頷ける話だ。私が真織と同じ状態になったら、学校にすら行かずにひきこもり、未来を悲観してうつ病になったり、もっと最悪な事態を招いてしまうかもしれない。

私は母親から許可を得ると、真織の部屋の前まで赴く。

扉越しに声をかけると真織は私の存在に気付き『今日は会いたくない』と言った。

『迷惑かけ続けてごめんね』と。『でも、今日はどうしてもだめなの』と、そう言った。

私は否応なしに自分の無力さを思い知らされる気分だった。

声をかけようと思ったのだが、どれも、どんな言葉もなんの慰めにもならない。

こういう時こそ変な人間として、真織を笑わせてあげられたらいいのに。

何も言えなかった。

『分かった、じゃあ今日は帰るね』

その言葉だけを残して、私は真織の家を後にした。

翌日、真織は朝から落ち込んでいた。

原因を尋ねると、昨日の真織は昨日のことを日記に残したらしく、私に申し訳ないと、わざわざ来てくれたのにごめんと、そう謝った。

私に出来るのはトボけることと、元気出しなよと微笑むこと。

そして放課後に、甘いものを二人で沢山食べることくらいだった。

本当ならその前日、真織と扉越しに会話をした時に言っておけばよかったのだ。

今日のことは日記に残さない方がいいよ、と。

でも気兼ねして、それも言えなかった。

一日近く遅れ、ケーキを崩している時に伝えると真織は泣きそうな顔になった。

『分かった。昨日の日記は消しておく』

悲しげに、そう応えた。

私は真織に影響を及ぼしたり、日記を楽しいことで溢れさせることは出来なかった。

恋愛の持つ力だなんて、安易にそうは思わない。

そうは思わないけど、神谷はそれをやってのけたのだ。

現に今も、真織を笑顔にしている。

「そうそう。また彼氏くんの絵を描かせてよ。夏休みで大分、上手くなったからさ」

「いいけど。日野の絵が上達しても、僕の元の顔が格好良くなるわけじゃないからな」

「あ、なんなら背景にバラとか咲かせようか。キラキラ〜って」

「苦笑いしてる僕の背後にか？　想像するとすごくシュールだぞ」

記憶は蓄積していかないはずなのに、真織は以前よりも早く神谷との関係に馴染《なじ》み、笑顔を交わしているように見える。

これからも、この二人はそんな風にして過ごしていくのだろうか。

たまに少しだけ羨ましくなるのは、内緒の話だ。

しかし私の考えは、時間とともに現実になっていく。

二人の関係は、それからも変わらずに続いていった。

体育祭や、文化祭が行われても。

秋がきて、木枯らしが舞うようになっても。

二人はずっと、恋人同士であり続けた。

季節の移り変わりとともに、私はそんな二人を近くで眺める。

秋になると真織の精神がまた不安定になった。学校には来たが朝から憂鬱そうだった。

それはそうだ。真織の中では昨日まで四月だったのに、起きたら半年近くが経過しているのだ。そしていざ学校に来て周囲を見れば、進路について考え始めている。

どうしたって、自分と対比して考えてしまうだろう。

真織はなんとか高校を卒業することは出来ても、大学には進めない。高校二年の四月までの知識では限界がある。専門学校で何かを学ぶことも難しい。就職もそうだ。

自分が努力屋であることを真織は人に隠しているが、私はそのことを知っている。たまらない気持ちだろう。今まで積み重ねてきたものが崩れ落ちる音を毎日のように聞かされるのは。真織は時間と未来に、一人だけ置き去りにされた。

それでも真織には神谷がいた。

放課後になれば神谷は傍にいて、真織を楽しませようとしていた。真織は神谷と一緒にいる時は朝の憂鬱を忘れたように微笑んでいた。

神谷がいない時でも、次第にまた朗らかに笑い始めた。

私は徐々に勉強に追われ出し、二人と過ごす時間が少なくなる。

月日が瞬く間に過ぎていく。

高校二年の冬がきた。クリスマスの時期になると、真織は編み物を始めた。一日一日の真織が少しずつ、神谷にプレゼントするためのマフラーを編んでいく。神谷はお手製のケーキを焼いて真織を驚かせていた。

　正月には私を含めた三人で夕方に初詣に出向いた。町に初雪が降る季節になると、放課後に真織と神谷は雪をかき集めて小さな雪だるまを作っていた。

　真織は神谷といる時は、いつも笑っていた。神谷によって笑顔になっていた。

　どうしてそんなに頑張れるんだと、たまに神谷に聞きたくなってしまう。

　尋ねても、アイツは暢気《のんき》にきっとこう返すだろう。

「日野のことが、好きだから」

　実際に二月の中頃となった今日、三人で遊んだ後、真織がいなくなってから尋ねてみた。するとアイツは真顔で、想定通りの言葉を返してくる。

　〝好き〟という言葉の意味を、私は考えずにはいられなかった。

　昔、深く愛し合っていた二人が、些細なことで憎み合うようになる姿を見たことがあった。生活パターンのズレとか金銭感覚の違いとか、二人は色んなことを口にしていた。

　でも、そうじゃない。単にお互いに他に〝好き〟な人が出来ただけなのだ。二人は徐々に離れていった。片方が外聞や出世を気にして離婚はせず、別居状態となった。

　愛し合っていた二人の名前は、私の父親と母親という。

　そればかりが原因じゃないと思うが、一時期私は人間不信に陥った。でもそれを誰にも話せない。相談できない。自分の傷は自分で癒《いや》すしかない。私は孤独な動物だった。

気付くと中学の時には、冷淡そうだとか何を考えているのか分からないとか、周りからそんな風に言われるようになっていた。

実際にそういう面もあるんだと思う。そんな私に話しかけてくる人間は少なかった。

なのに進学した学校で、真織はごく普通に話しかけてきた。

なんだか面白い娘だなと思った。それが毎日話す中で、いつの間にか親友と呼べる仲になっていった。私はいつしか人間に対する信頼を取り戻していた。

『日野のことが、好きだから』

だけどなんの気負いもなくそう答える神谷は、私以上に真織を好きなんだろう。

好きは、感覚に根ざした言葉だ。意志で支えたり理論付けたりするものじゃない。

誰かを好きになった時、後からその理由をなんとか言葉にすることは出来ても、それは好きという直感性からは遠く隔たっている。
○○だから好き、というようには、人間はならないのだ。
裏付けのない、本当の意味で感覚に根ざした感情だ。

「好きだからって他人のためになんでも出来るの？　私、そういうのよく分からなくてさ」

自嘲するような口調で尋ねると、神谷は言葉を探していた。

「なんでもしてるわけじゃないよ。自分が出来ることだけだ」

「そうかな？　出来ることだけって言う割には、無理してるようにも見えるけど」

追及するように言葉を重ねると、神谷は黄昏に染まり始めた空を眺めた。

「本当に無理なことは、しないし出来ないよ。でも、少しの無理をしてでも出来ることがあるなら、少しの無理をしてでもしたいことがあるなら、それは幸せなことだと思ってる」

その時に見た神谷の横顔を、私は生涯忘れないと思う。

なぜか、その平凡で優しげな顔が輝いて見えた。

「今までの僕の人生って、つまらないものだったよ。冷めた感じで何かを分かった気になっててさ、馬鹿や無茶をやってこなかった。小さい頃からそうだった。きっと、本当は自分に自信がなかったんだろうな。虚弱ってわけじゃないんだけど、色んな検査とかをしてる時期もあって、このやせ過ぎな体にもコンプレックスがあったんだ」

珍しく熱心に言葉を紡いでいた神谷が、そこでふっと笑う。

「でも今、純粋に日野との日々が楽しいんだ。少しの無理をしてでも出来ることがあるなら、それをしたいと自然に思える。日野が僕を驚かせて、見直させてくれる。こんな僕でも、少しでもいい人間になりたいと自然に思わせてくれるんだ」

それから神谷は私に顔を向けると「こんなこと話してると、また恥ずかしいこと言ってるって笑われるな」と微笑んだ。

私は首を横に振る。「そっか」と迷子のような気分で相槌《あいづち》を打った。

「でも綿矢も、日野のことが好きだから助けになってるんだろ」

「そう、なのかな。私はもっとドライな感じじゃないかな。今の真織の状況が、少し普通じゃないから。普通じゃないものを求めている私はそれが面白いから、だから真織の傍にいるんじゃないかな。結局は、自分の欲求だよ」

その考えと言葉は、あまり自分には馴染まなかった。

真織のことが、本当はとても大切だった。でも無力で、私は何も出来ず……。

「そういう面もあるかもしれないけど、僕は、綿矢はそれだけじゃないと思うよ」

「そうかな」

「そうだよ。本当は分かってるんだろ？」

そんなことを話している間に、冬が終わろうとする。

息吹が萌《も》えるような春がやってきた。

春休みも時々三人で遊ぶ。桜並木が有名な公園に三人で行って、お花見をした。

「桜のこと、空に知られぬ雪って呼んだ歌人がいたらしいな」

桜の下で空を仰ぎながら、神谷が雅なことを言う。

「へぇ、初めて聞いたかも。空に知られぬ雪かぁ。確かに雪に似てなくもないよね」

感心したように応じる真織を、神谷は優しい目で見つめて微笑む。

それから神谷はお姉さんが教えてくれたという、五月病の話を始めた。忙しない春が終わると、五月はつい皆がのんびりしてしまう。それが五月病だと教わっていたという。

五月、か。五月になると私たちはどうなっているんだろう。

空が知らない桃色の雪を見上げながら、そんなことを考える。

三年生では私と真織はクラスが別々になってしまう。真織が進学組から外れるためだ。春休みがくる前には学年主任に神谷と相談して、真織が神谷と同じクラスになれるよう手引きしてもらっていた。

実際に四月がくると、私と真織は別々の教室で過ごし始めることになった。いつもは放課後にならないと言葉を交わさなかった真織と神谷が、廊下から覗いた教室で、移動教室の途中で、仲良さそうに話す姿を私は離れて見つめる。

そんな時にもまた〝好き〟の意味を考えた。

神谷が教えてくれた「手続き記憶」と呼ばれるものは、感覚に根ざした記憶だ。ではひょっとして好きの感覚も、真織の中で引き継がれているのだろうか。

「驚いちゃったよ。三年生になってるし。恋人いるし。その人と同じクラスだし」

勉強が忙しくなっても、真織とは夜に少しでも電話で話すようにしていた。

だけどもう分かっていた。高校二年を無事に乗り切った真織は、これからも大丈夫だ。何よりも隣には神谷がいるのだから。記憶障害であることを知っても、真織のことが好きだと言ったアイツがいるのだから。

　勉強ばかりの日々は、私から月日の感覚を奪っていく。三年生は受験に追われてあっという間に終わるという話だったが、それを実感する毎日だ。

　受験の天王山である夏がきて、鉛筆を動かしている間に秋が訪れる。センター試験の冬が圧《の》し掛《か》かり、それが終わると本番の二次試験だ。気付くと春になっていた。

　長くも短い、高校三年間が終わる。

　私たちは、無事に高校の卒業式を迎えることが出来た。三人揃って。

　神谷は高校卒業枠の定員募集があった隣町の市役所の試験に受かり、春から職員として働くことになっていた。

　真織は絵を描く技術が格段に進歩し、春からは週に何度か絵画教室に通うなどして、障害の快復を待つことになった。

　どうでもいいことだが、私も望んだ県内の大学に合格することが出来そうだった。

　卒業式の日、真織は驚きながら「信じられない」と言った。

　でもその信じられないは、月日が経っていることに対するものではなく、そんな状態でも自分が学校に通い続け、卒業できたことに対するものだった。

　もう真織は、本当に大丈夫だろう。

　卒業証書を持ってはしゃぐ真織を見て、そんなことを考える。

朝目覚めて現実に、自分の状態を認識するよう迫られても。

そんな状態でも高校に通い続け、卒業したという事実があれば。

過去の自分と今の自分を繋ぐ、日記があれば。

毎日クロッキー帳に向かい、今の状態でも絵の技術を進歩させている自分がいれば。

以前のように毎日は会えないだろうけど、神谷がいれば。


高校を卒業し、それぞれが歩む道への準備を始めた春休み。

その日は久しぶりに三人で、かつてのように遊びに行っていた。

「じゃ～ね～、今日はありがとう」

手を振りながら改札に消えていく真織の姿を、私と神谷は揃って見送る。二人とも駅前のショッピングモールに用事があり、真織だけが先に帰ることになっていたのだ。

なんの前触れもなく。

「綿矢……」

「え？」

あるいは、神谷の中で全ての準備は整っていたのか。

「ちょっと、真面目な話なんだけどさ」

神谷が真剣な表情で、私を見ていた。その神妙な口調と表情に困惑する思いだった。

人が内に秘めたことを話そうとする時、こういった空気が流れる。

突然、自分だけが現実に置いていかれたような気持ちになったが、それでも私は問わなければならない。

「なに、どうしたの？」

神谷は躊躇うように口を一度開き、閉じた。

やがて決意を溜め込むような間を空けると、言った。

「僕、心臓が、あまり良くないかもしれなくて。それで……」

今まで見えていた景色が霞《かす》んだような、そんな気がした。

2

六月九日（月曜）
自宅での朝：変わりなし。

学校のホームルーム：期末テストのこと。先生の冗談など（特筆すべきことなし）。

一時間目の休み：泉ちゃんと土曜日のことを話す。公園でピクニックした件について。当日のお弁当は全て泉ちゃんが用意したので、次は私も頑張ってみると言った。泉ちゃんが笑い、やめておいた方がいいとあしらわれた。ぐぬぬ。

二時間目の休み：泉ちゃん出て行く、たぶん図書室。鈴木さんから放課後の予定を尋ねられる。用事があって、と曖昧にする。ちょっと不満そうだった。お喋りで盛り上がる。彼女が好きな実況動画などのこと（「手帳」の人物欄に追記）。なんとか挽回か？

三時間目の休み：泉ちゃんと話す。鈴木さんたちと少し疎遠になり始めていることについて。まぁでも真織には私がいるじゃん、と勇気付けられてしまった。そだねと笑うと、高嶺の花には簡単には触れられないのさ、と冗談を言ってくれた。

四時間目の休み：泉ちゃんと話す。あっという間に六月だね、まぁ私からすると全てがあっという間のことなんだけどさ、とボケてみる。それ二回目、と楽しそうに指摘された。このギャグは要注意（「手帳」の人物欄に追記）。

昼休み：泉ちゃんとのランチ。泉ちゃんは手作りＢＬＴサンド。じゅるり。

五時間目の休み：泉ちゃんは最近、紅茶にはまっているらしい。レディグレイという、アールグレイ伯爵の奥様のために作られた紅茶が好みらしい。それ、私も飲みたい。というかアールグレイって、伯爵の名前だったのか。

放課後：母親の手伝いも落ち着いたからと、泉ちゃんに今後したいことを尋ねられる。自転車で二人乗り、ファミレス、ゲームセンター、カラオケ、休日に水族館、遊園地。色々と言ったが自転車の二人乗り以外はＯＫだった。

そして違反行為だからだめだと言っていたのに、今日は自転車で二人乗りをしようということになった。泉ちゃん、相変わらずノリがいい。駐輪場で放置されている自転車を見つけ、泉ちゃんがパンクの修理に乗り出す。すんなりと直った。

先生や警察に見つからないよう、少し離れた田舎道で二人乗りをすることに。

面白い。風がすごかった。思い出しても楽しくなる。青春だ。朝の絶望が嘘みたいだった。すごいぞ、私。偉いぞ、私。よくぞ泉ちゃんと友達になっていた。

記憶に障害があっても、毎日をこんな風に楽しく過ごせるのかもしれない。

二人乗りは少しの怖さもあり、お腹の底から変な笑いが飛び出た。泉ちゃんも笑っていた。二人乗りを満喫した後は、自転車を押して学校に戻る。

泉ちゃんに明日のことを尋ねられた。明日も自転車に乗りたければ、それでもいいと言われた。二日連続でも気にならないとのことだ。

今の私の唯一、いいところ。

新しいことはいつも新しい。何度でも新しいことを新しいことのままに楽しめちゃう。

ちょっとポジティブになれたよ。泉ちゃん、今日もありがとう。

私は予備校に行く前にノートパソコンを開き、高校時代の日記に目を通していた。

この日の日記を読むのは、いったい何度目になるだろう。

日記に綴られた日々の記憶は、残念ながら私の中にはない。しかし、微笑ましくもあった。日記の中で息をして行動しているのは、まぎれもなく私らしい私なのだ。

私には、予備校の友達には話していない秘密がある。

高校二年の四月の終わりから約三年間、記憶に障害を抱えていた。

寝て脳が記憶の整理を始めると、一日の記憶が蓄積されないままに消去されるという特殊な記憶障害だ。世間的にもいくつか症例はあるらしいが、その障害は治療の施しようがなく、快復は人間の持つ自然治癒力に頼るほかなかった。

ただ、その自然治癒力は若ければ若いほどに効果も高いらしく、私は三ヶ月ほど前の四月に障害から立ち直った。

つまり、昨日のことを覚えていたのだ。

当時のことは今でもよく覚えている。前の日の夜は、寝ることに不安を覚えていた。朝目覚めたら、私は過ごした一日のことを忘れている。

こんな状態の自分でも高校を卒業したという事実は、私に驚きと微かな希望みたいなものを与えてはくれる。それでも、不安なものは不安だ。

私は毎朝、ノートパソコン内の手帳や日記を確認して、今の状態やこれまでのことをその日限りで知ってきた。

両親と泉ちゃんが献身的に支えてくれたお陰で高校を卒業できたことや、中学でやめたはずの美術を再開して週に何度か教室に通っていることも、それらを通じて知った。

記憶障害を負っていた私は情報としての記憶の蓄積は出来ないが、「手続き記憶」と呼ばれる体の感覚に根ざした記憶なら蓄積することが出来ていたらしい。

それは絵を描く技術にも適応され、高校卒業後は時々は泉ちゃんと遊びながらも、一日の大半をクロッキー帳に向かって過ごしていたようだ。

実際に障害から快復した前日も、日記などを読んだ後は絵を描いて過ごした。描きたい線が描ける。人や物の輪郭を直感的に捉えることが出来る。それは新鮮な喜びであり感動でもあった。

でも、夜寝る時は怖かった。かといって寝ないでいても、明日の自分が辛いだけだ。恐れながらもベッドの中で横になっていると、体は次第に意識を手放す。

翌朝目覚めた私は、あぁ、結局眠れたのかと、そんな感想を覚えていた。わずかな違和感が思考をかすめたが、寝起きにはよくあることだと取り合わなかった。

朝の光を顔に浴びながらベッドから降りる。高校生の時は随分と早起きをしていたみたいだけど、卒業してからは朝日とともに生活しているようだった。

寝ぼけ眼で壁の張り紙を見る。

《私は事故で記憶障害になっています。ノートPC内の手帳や日記を読みましょう》

《でも学校は卒業した。頑張ったね、私》

《一日入魂》

《家族への感謝を忘れないこと》

それらを漫然と眺めながら、目覚めた時の違和感の正体に気付く。

全て忘れてしまうはずなのに——私は昨日のことを覚えていた。

正常なはずの連続した繋がりに、思考を真っ白にさせられる。

昨日の朝と同じように扉が叩かれる。お母さんだ。ノックに応じると部屋に入って来て、張り紙をじっと見つめている私に怪訝そうな視線を送ってきた。

私はどんな表情を作ればいいのか分からないままに、お母さんに顔を向けた。

『ねえ、お母さん。記憶障害って、朝になってもしばらくは覚えてられるのかな？　私、昨日のこと……はっきりと覚えてるんだけど』

そう告げるとお母さんは目を見開き、言葉を失くした。

そんなことは今までなかったらしいのだ。お母さんが慌てながらお父さんを呼ぶ。私は混乱しながらも、昨日のことを一つずつ思い出していった。

お父さんが来てからは三人で昨日のことを確認した。私の記憶は正常だった。

眠りが浅いせいかもしれないと、もう一度寝るよう言われた。

ただでさえ一度起きてしまうと簡単には眠れないのに、意識が昂《たか》ぶっていてそれどころではない。睡眠導入剤も効きそうにない。

病院に行ってみようとお母さんが支度を始め、お父さんは午後から職場に行く旨を連絡してくると自分の部屋に戻ろうとする。

私は大丈夫だとお父さんに言ったのだけど、頑として聞き入れなかった。

大事なことだからと、彼に申し訳が立たないからと、少しばかり混乱しているのかお父さんは不思議なことを言った。

いつも冷静な二人がいても立ってもいられなくなったらしく、診察が始まる三十分も前に病院に着いてしまった。私たちは車の中で時間が過ぎるのを待った。

診察が始まり医師に現状を話す。両親を交えて昨日の記憶のチェックが行われた。精密検査もしたが、あまり当てにならないとのことだ。

経過を見ようということで、明日もう一度病院に行くことになった。帰りの車ではお父さんもお母さんも希望が見えたためか喜んでいた。

快復傾向にあるかどうかは分からないのだけど、『大丈夫さ』とお父さんは陽気に笑う。ただその口ぶりに反するように、時折遠くを見つめて何かに耐えるようにハンドルを強く握っていた気がした。

翌日はお母さんと二人で病院に行った。

私は昨日を含めた一昨日のことを、ちゃんと覚えていた。

その翌日も、翌日も、翌日も。

『まだ、断定は出来ませんが……記憶障害から、真織さんは立ち直りつつあるようです』

そう医師から言われた時、お母さんは口を手で押さえ顔を背けた。声を殺して泣いていた。自分の母親が泣く姿を見るのは、初めてのことだった。

お父さんには私から電話して、医師から聞かされたことを伝えた。お父さんは電話の向こうで『俺の言った通りだったろ』と笑っていたが、最終的には涙声になっていた。

県内の国立大に通う、大学二年生となった泉ちゃんにもそのことを伝える。すぐに彼女は自宅へやって来た。

『真織、電話で話してた通りだったんだ。記憶障害から、治ってきてたんだ』

『うん！　やった、やったよ泉ちゃん。私、実感なんてぜんぜんないんだけど。なんだか壮大なドッキリに引っかけられてるんじゃないかって、そんな気がするんだけど。だって、ほんの数日前まで私は、高校二年生だったんだもん。だけど、やっぱり時間は確実に過ぎてて。でも、快復傾向にあるって、そう』

興奮して言葉を紡ぐと、泉ちゃんは一瞬だけ何かを悔いるような顔付きになった。

でもそれは私の気のせいかもしれなくて、次の瞬間には笑っていた。

それから先、私は一日も記憶を欠落させることなく日常生活を送っている。

大学に進学しようと思い立ち、予備校に通い出した。今は浪人生だ。

土日以外は毎日予備校に通っている。遅れを取り戻すべく結構本気で頑張っている。

それでも時々何かの名残に揺れるように、記憶障害の時にノートパソコンで毎日綴っていたという日記を読み返していた。

先ほど読んだのは高校時代のもので、泉ちゃんと自転車を二人乗りして田舎道を走るという内容だった。なんというか、女同士の青春という気がする。

泉ちゃんのお陰で私は毎日を楽しく過ごせていたようだ。彼女はどれだけ人がいいのだろう。私の要望というか我侭《わがまま》を、毎日のように叶えてくれていた。

高校時代に使っていたスマホは壊れてしまったみたいで、当時の写真や動画は残念ながら確認できない。それでもノートパソコンの日記はちゃんと残っている。

頭が下がる。泉ちゃんがいなければ、私は高校を卒業できなかったに違いない。私の新しい人生を信じて、高校卒業まで引っ張っていってくれた彼女のことを有難く思う。

感謝の念を抱きながら、抱き続けることが出来ながら、私は私の日常を送った。

朝目覚めると、昨日の記憶があることを確認する。

ご飯を食べて支度をし、電車に乗って予備校に通う。予備校でも友達が出来た。愚痴を言ったり笑い合ったり。そういう当たり前のことを当たり前として、私は日常を送ることが出来ている。年齢だけは、少し取ってしまったが。

夜は勉強の気晴らしに、たまに絵を描く。

以前は教室に通っていたみたいだが、私に美大を狙えるだけの技術はない。でも、それでいいと思ってる。描くことは私の喜びでいいと思ってる。

そうやって日々を過ごし、秋も深まり始めた日曜の朝。私は部屋で見覚えのないクロッキー帳を見つけた。本棚の後ろに隠されるようにして置かれていたのだ。

勉強の合間に気分転換をかねて、それが結局は大掃除に繋がるのだが、そうしていなかったら見つからなかっただろう。

ベランダに出て埃を払う。ページを開くと、見知らぬ男の子の絵が描かれていた。

瞬間、刺すような痛みを伴って心臓がドクンと、大きく脈動した。

え？　なんだろう。

そう思って一度クロッキー帳を閉じた。動悸がまだ続いている。

ドクドク、ドクドクと、何かが必死になって私に訴えかけているかのようだ。

絵のことを思い返す。私のタッチ、だった。つまりあれは過去の私が描いたものだ。

記憶にないことから、障害を負っていた時期に描かれたものであることは間違いない。

しかし、どうしてあんな場所に置いてあったんだろう。

何かが引っかかるけど思い出せない。他の人に見られたくないものだったんだろうか。

見られたくないもの？　例えば？

例えば……私が好きになった人を描いた絵、とか。

呆れて笑ってしまう。記憶障害の最中に誰かを好きになるなんて、出来るわけない。

そもそも今だって、なぜか私は誰かを好きになりたいと思えないのだ。

予備校には色んな男の子がいて、クラスで評判になっている人や格好良いなと感じる人もいる。だけどそういう男の子に話しかけられても、私の中の、いいな、好きだなという気持ちは動かない。

そんなことを考えながら、再びクロッキー帳を開いた。少しだけ頼りなさそうな、だけど深い優しさが感じられるような、そんな男の子だ。

不思議なことに、その男の子は曖昧に微笑んだり、照れて笑ったり横を向いたりと、沢山の絵があるにも関わらず、正面から微笑んでいるものはなかった。

見つめていると、再び心臓がドキドキと常にない速度で脈を打った。

この人は、誰なんだろう。

何度も読んだが、日記には書かれていなかった気がする。

お母さんなら、知っているだろうか。でもなんだか尋ねるのは恥ずかしい。

じゃあ、泉ちゃんはどうだろう。

写真に撮って送ってみようかと思ったが、今日の午後には会う約束をしていた。なら、その時に尋ねてみよう。

そう考えながら、私はまたクロッキー帳の男の子を眺め始めた。

3

「僕、心臓があまり良くないかもしれなくて。それで……」

神谷がそう切り出した時、私は一瞬だけ思考が途切れた。

我に返った後、神谷はそんな冗談を言う奴じゃないことに気付き、言葉を失いかける。

「そ、そうなんだ……。でも、あれでしょ？　今すぐにどうこうって、そういうことじゃ、ないんでしょ」

深刻さを払おうとして失敗したような口調で応じると、神谷は緩く微笑んだ。

「うん。あくまで可能性の話でさ。実は昨日、ちょっと疲れてたのか倒れちゃって」

それはどんな予兆もなく、突然のことだったらしい。

昨日も神谷は真織と図書館で会っていた。その帰り道、自転車を漕いでいると急に息苦しさを覚えたらしい。

自転車を歩道脇に停め、不可思議に思いながら気を落ち着けようとしていると、足に力が入らなくなる。自転車の荷台に手を置こうとしたら自転車ごと倒れたという。

次に目覚めた時、神谷は病院のベッドの上にいた。

通行人が神谷が倒れる姿を目撃していたらしく、救急車を呼んだとのことだ。

症状は、単なるという言い方もおかしいが単なる失神とのことで、すぐに意識は回復した。だが心臓に由来するものの可能性もあり、精密検査を後日することが決まった。

後日といってもなるべく早い方がいい。付き添いが必要にもなる。

病院側の予定も加味して二日後と決まった。つまりは、明日だ。

「母さんが心臓の病気で突然亡くなってることもあってさ、小さい頃には色んな検査をしたんだ。その時は、それと分かる先天性の疾患はなさそうだった。なのに父さんが慌てちゃって、明日、ちょっと検査することにしたんだ」

過去の検査のことは、何かの折に耳にした記憶がある。母親のことは初めて聞く話だった。でも私は努めてなんでもない口調で言葉を返した。返すことが、出来た。

「そっか。あ、あのさ、何か私に出来ることとかあったら、遠慮なく言ってよね。とは言っても、やりたいことしかやらないけど」

冗談めかした言葉に、神谷が薄く笑う。

冗談といえば、気苦労で倒れないでよと、いつかそう言ったこともあった。

言葉が現実を引き寄せるなんてことはありえないと思うが、それでも動揺してしまう。

神谷は私の言葉を受け、しばらく迷ったような表情で言葉を探していた。

それが急に真面目な顔になる。

「じゃあ……もし、もしだよ。こういうのってなんて言うのかな、絶対はないからさ。思いついたうちに、頼んだ方がいいと思ってるんだ。別に今回のことがどうってわけじゃなくて、人って、ある時急にいなくなったりするから」

「え？　ちょ、ちょっと、神谷。なにを」

冷たく乾いた風が吹き、その凍えるような感触が心にまで入り込んできた。

「もし僕が死んだら、日野の日記から、僕のことを消去してほしいんだ」

あらゆる言葉が意識から消え去り、ただ、目の前の優しい男を眺める。

神谷が、死んだら……。

「とは言っても、日野は日記をノートに書いてる。重要なことをまとめてる手帳も別にあるみたいだ。だから単純に消すんじゃなくて、ノートパソコンに手帳や日記の中身を移し変えて、僕のとこだけ削除するっていう面倒なものなんだけど」

そこまで神谷が続けた時、私の中から大きな感情と、それに伴った声が出た。

「な、何それ。何それ」

恐れるように神谷の目を見ると、そこだけ切り取られたかのように澄んで静かだった。

「大事なことなんだ」

「私は、そんなことやりたくない。自分でやったらいいよ」

「そうだね。本当にそうだ。ごめん、変なこと言って。でも、聞いてほしいんだ」

「やだ」

私が駄々をこねるように拒んでも、神谷は苦笑しながらも言葉を続けた。

「僕は、記憶を失う前の日野との関わりはほとんどないから。だから……もし僕が死んでも、日記に僕が登場しなければ、それは日野の中でなかったことに出来る」

その一言に、過去にも似たようなことがあったことを思い出す。真織の精神が不安定になっていた時だ。その日々を、真織の手によって日記から消してもらっていた。

「確かに、出来るかもしれないけどさ。神谷、あんたはそれでいいの？」

恋人の中から自分が完全に消えること。そんなこと、望む人間なんているだろうか。

神谷は私の顔を見て笑った。悲しく、笑った。

「僕はそれでいいと、思ってる。別れたことにしてもいいけど、日野は探そうとするかもしれない。それで僕の死を見つけるのは、精神的にもよくない気がする。だったら、少し手間をかけてしまうけど、最初からいなかったことにすればいいんじゃないかって。僕との関係はなかったことにすればいいんじゃないかって、そう思ってさ」

神谷が紡ぐ悲しい言葉の数々に、私は俯いてしまった。

「でも、そんな……死ぬなんてさ。そんなこと、大丈夫だよ」

「うん、分かってる。でも人間は、存在していること自体が奇跡みたいなものだと思ってるんだ。だって、すごくないか。工業製品とは違うんだ。そこには設計図も、熟練の職人もいない。母親のお腹で育って、ポンと生まれて、もうその時から、いや、その前から生きてる。それってさ、奇跡みたいなことだと思うんだ。そしてロボットみたいに設計図を元に作られたわけじゃないから、異常があってもすぐには分からないし、動かなくなっても、何かのパーツを入れ替えれば済むことでもない。こうして生きていることは、実はよく分からない。不思議で、だけどすごくて、同時に怖い」

言い終えると神谷は、そっと自分の左胸の辺りを見た。

思えば私はその時、何かを神谷に言えばよかったんだと思う。

何かを神谷に、伝えればよかったんだと思う。

そんなことして、真織が喜ぶと思っているの、とでも。

だけど結局、私はそれを伝えることが出来なかった。神谷の言い分に、少し、ほんの少しだけ正しいものが含まれているような気がしてしまったからだ。

不安定になっていた時の真織のことが、脳裏をかすめてしまったから。

真織の両親が心配し続けている合併症のことも……。

「変なこと言って、ごめん」

私が口を噤《つぐ》んでいると、神谷は微笑んだ。時刻を確認し、「そろそろ行かなくちゃ。それじゃ、また」と言って、去って行った。

私の中に、淡い笑みだけを残して。


神谷透が心臓突然死で亡くなったのは、その翌日の夜のことだった。

その事実を私は、当日の夜、神谷のお姉さんから伝えられた。

検査の結果が気になった私は、夜に神谷の携帯を鳴らしていた。

通話中になる気配が全くなかった。以前、本当かどうかは分からないが、携帯電話は滅多に見ないと言っていたことを思い出し、仕方なくその時は切った。

それから三十分くらい後に、神谷の番号で電話がかかってきた。

安堵しながらスマホを手に取る。

「もう、ちゃんと携帯電話は携帯しておいてよ。それで、検査の結果はどうだったの？」

「あ……検査の結果は、その時は、明確な異常は見つかりませんでした」

すぐにそれが神谷の声じゃないことに気付く。でも、どこかで聞いた声でもあった。

「え？　あ、あの、神谷は？」

尋ねると、その澄んだ声は悲しげに告げた。

「透は…………弟は、心臓突然死で、亡くなりました」

時刻は夜の九時を少し回ったところだった。

自室が無限の広さを伴って、広く、広く拡張し、私は足元から飲み込まれていくような、そんな錯覚に陥った。お姉さんが耳元で何かを話している。

神谷は二時間近く前に、自宅で倒れて亡くなったそうだ。

私は一連の話を聞きながら、深い混乱の底に落とされていた。人が突然、死ぬ。

昨日まですぐ傍で触れ合う距離にいた人が、死んでしまう。

また明日、詳細なことは話すとお姉さんは言った。明日の午後三時に会う約束をして、電話をいったん切る。

意識の中に寄せる悲哀という波音を聞いていたら、いつしかそれは心音に変わる。

この失われていくばかりの世界で、私は死に対して無防備だった。

神谷は、母親が突然亡くなった経験を持っていた。だから無防備ではなかったのか。

あんなことを言って私を驚かせて、それで……。

意味もないのに私は、インターネットで心臓突然死のことを調べ始める。体が震えていた。何かをしていないと、その寒さに似た震えに飲み込まれてしまいそうだった。

《健康だと考えられていた人が、ある日突然死んでしまう疾患があります。その一つが心臓突然死です。これはけっして他人事ではなく、いつでも、どこでも、誰にでも起き得ます。交通事故の死亡者数よりもはるかに多く、日本では心臓突然死によって年間約六万人が亡くなっています。これは七・五分に一人が亡くなっている計算です》

《初等教育や中等教育での学校心臓検診は広く行われていますが、それでも授業中に発症するケースが多くあります。過去十年間で三百人以上が突然死に見舞われ、学校管理外ではもっと多く――》

《昨今ではＡＥＤの必要性が広く認知され、駅や公共施設への設置が進んでいますが家庭にはそれがありません。ＡＥＤによる処置が一分遅れるごとに救命率は十％ずつ低下し、救急車の到着に八分以上かかった場合、救命率は八十％以上低下します》

その言葉の羅列を、私は無感動に見やった。

不意に、神谷が言っていた言葉が思い出される。

『それってさ、奇跡みたいなことだと思うんだ。そしてロボットみたいに設計図を元に作られたわけじゃないから、異常があってもすぐには分からないし、動かなくなっても、何かのパーツを入れ替えれば済むことでもない。こうして生きていることは、実はよく分からない。不思議で、だけどすごくて、同時に怖い』

奇跡……みたいなこと。それじゃあ神谷の中の奇跡は、もう、終わってしまったのか。

そう思うと瞳が熱くなり涙が湧いてきた。

机に伏すと、声を放って私は泣いた。小さな子供みたいに、泣いた。

翌日のお昼過ぎ、迷った末に私は真織の家に行くことにした。

真織は記憶障害になってから、私以外との友達付き合いを極力避けていた。

これには色々な理由があったが、メッセージアプリで毎日のように連絡されても対応が大変にもなる。その上、皆が着実に将来に向けて歩んでいることに、毎日の真織が打ちのめされてしまう可能性もあったからだ。

担任も事情を知っているから、神谷の死が直接真織に伝わることはないはずだ。だけど真織の日記には神谷がいる。神谷の不在には、いつか気付く。

だったら、二人の友人だからこそ、大切なことは私が伝えなくちゃ。

意を決して神谷透が死んだことを部屋で告げると、真織は言葉を失くしていた。

「神谷……神谷透くんって、私の、彼氏くんだよね」

私が俯くと、真織は悲しそうな声で続けた。

「嘘、そんな……。私、まだ日記、まとめたものしか読んでないんだけど。今日、会えるのすごく楽しみにしてて。私にとって、とっても大切な人のはずで……」

顔を上げられずにいると、嗚咽《おえつ》を噛《か》み殺《ころ》すような声が聞こえてくる。

視線を向けると、真織が泣いていた。

顔を悲痛に歪ませ、その大きな瞳から涙を滴らせていた。

「なんで、だろう。おかしいよね。私、その人のこと記憶にないはずなのに。おかしいよね。涙が、涙がとまらないや。顔だって、写真でしか、知らないのに。やり取りだって、日記でしか、覚えてないのに。なのにさ、おかしいよね」

「真織……」

私は上手く言葉が継げなかった。それでも応えたかった。

「おかしくなんかないよ。二人が自分たちのこと、どう思ってたのかは分からないけど」

胸の痛みに、呼吸の間をあける。もうこの痛みも苦しみも、神谷は味わえないものだ。どうして神谷なんだ。どうして、どうして。あんなに優しい神谷が。どうして……。

そう思いながらも、必死になって続けた。

「二人は、とってもお似合いの、恋人だったから。記憶がないとか、あるとか関係ない。過ごしてきた年数も関係ない。本当に二人は、お互いを想い合ってたから。だから」

そこから先は言葉にならず、私もまた涙を流していた。

私はそれから真織に問われるままに、神谷のことを話した。

どれだけ神谷が真織のことを大切にしていたか。二人はどんな空気感だったか。どんなところに遊びに行ったか。そんなことを。

話せば話すほどに、私たちは神谷の不在の事実に耐えられなくなる。

しかし着実に時間は過ぎ去る。真織と二人で、約束していた神谷のお姉さんに会いにいくことにした。

あやふやな足取りと思考で、電車と徒歩を用いて神谷の自宅に向かう。

チャイムを押すと、お姉さんが顔を出した。

雑誌や画面越しには何度も見て、昨日は電話を通じて話はしたが、西川景子本人と直接会うのはそれが初めてのことだった。

私たちは促されるままに、神谷とよくお茶をした食卓椅子に座った。

会ったことのない神谷の父親は、その日は方々に出かけているとのことだ。

神谷のことを聞けば病院に安置され、通夜と葬儀に向けて準備が進んでいるらしい。

お姉さんはそれからゆっくりと、だがはっきりとした口調で神谷が亡くなるまでの詳細を教えてくれた。

神谷の検査にはお姉さんが付き添ったということだった。

芥河賞受賞からこの一年半年、お姉さんは沢山のメディアで取り上げられていた。

受賞後第一作も今年の一月に発売し、世間的な評価も高かった。

そんな多忙なお姉さんが付き添ったということだから、よほど心配していたのだろう。

神谷とお姉さんは午前中の早い段階で病院側から説明を受け、検査に臨んだ。

検査は午後までかかり、結果は当日には分からないが、心臓に明らかな異変は見つからなかったという話だった。

二人は検査を終えると、自宅に帰った。いつもより早く父親が帰宅し、明らかな異変はないことをお姉さんが伝える。

父親はホッとし、神谷は二日ぶりにお風呂に浸《つ》かった。神谷がリビングに顔を出す頃には、父親とお姉さんの二人で料理の支度をしていたそうだ。

神谷はその光景を見ながら微笑んでいた。お姉さんが尋ねると、こう言ったそうだ。

『いや、過ぎてしまえばなんでもないことだけど。いいなぁって、純粋にそう思って』

お姉さんは神谷に安静にするよう言うと、父親に付き添って料理を作り始めた。

そのとき突然、背後で何かが倒れる音がした。

二人が振り返ると、神谷が倒れていた。急いでお姉さんが救急車を呼び、人工呼吸と心臓マッサージを行ったのだが、反応はなかった。

救急隊員が駆けつけて処置が行われたが、神谷は意識を取り戻さなかった。

それから数十分後に、病院で神谷の死亡判定が出された。

時計の針の音が、三人の間を泳いでいる。身動きを取る者は誰もいなかった。

どれだけの間、そうしていただろう。

「実は私、貴女たちのこと、よく知っているのよ」

私を、続いて真織をお姉さんが見る。

乾き切った喉で唾を飲み込み、私は尋ねた。

「神谷が……透くんが、話していたんですか」

「えぇ、いつも楽しそうに話してた。真織さんとは、隣町の花火大会で挨拶したこともあったのよ。前向性健忘の状態は、それからどう？」

俯いていた真織に、お姉さんがそう尋ねる。

私も真織も目を見開く思いだった。

「え？　どうして、私の症状を……」

真織が応じると、お姉さんは怪訝そうな顔をした。

神谷はお姉さんに真織の記憶障害を話していたんだ。家族だから、当たり前と言えば当たり前のことなのかもしれない。

でも真織は、神谷が真織の記憶障害を知っていたことを、知らない。

私が息を飲んでいると、お姉さんが続ける。

「ごめんなさい。どういう事情があったのかは知らなかったのだけど、透は貴女の症状を知っていることを、知らないフリをしていたのね」

「わ、私……透くんには、病気のことを隠してて。だ、だけど、彼は、えっと、」

それから真織は、自分と神谷の関係性について話した。

そこには私が知らない話も含まれていた。

神谷の真織への告白は、友人を守るために行われたこと。

条件付きの恋人として付き合っていたこと。そして、その三つ目の条件が……。

「でも透は貴女のこと、本当に好きになっていた。少なくとも私にはそう見えた」

そのお姉さんの発言に、真織は一瞬言葉を失くす。

「私には、分からないんです。覚えてないんです。本当に全部、忘れてしまって。日記がなければ彼との日々だって、なかったことになってしまうような、そんな状態で」

真織は言葉を切れ切れに、苦しげに吐き出した。

でも言葉をとめることはなかった。

「だけど、毎日の私たちは、彼にすごく勇気をもらっていて。彼が、透くんが言ったそうなんです。明日の日野も、僕が楽しませてあげるって。それで、毎日の私たちは、すごく、救われて。実際に私も今日、透くんと会えるのを、楽しみにしていて……だけど」

真織が再び俯くと、お姉さんはその言葉を引き取った。

「教えてくれてありがとう。でも記憶を蓄積できないのは、誰のせいでもない。そしてそれを分かっていて、透は貴女とお付き合いをしていたんだから。きっと透も楽しかったんでしょうね。花火大会の日に貴女と一緒にいる透を見て、驚いた。あの子が、あんな風に誰かを好きになれるなんて……知らなかった。最期の瞬間に、思い浮かべることの出来る誰かがいたのなら、きっと透も幸せだった。ありがとう。本当に」

私はそれから真織が落ち着くのを待ち、今夜行われる通夜の時間や会場をお姉さんから聞くと、真織と二人で神谷家を離れた。

頭は昨日の夜から深い混乱の只中《ただなか》にいた。私はそれをすべきなのか、どうか。

神谷の死後、彼の遺志を継げる人間は世界に私しかいなかった。

一度は最寄の駅まで真織と向かったが、お姉さんと話すことがあると言って神谷家に私だけで戻ることにした。真織の状態が心配だったからタクシーに乗せ、家まで送ってもらうことにする。また後で会う約束をし、真織とはそこで別れた。

再びチャイムを押して神谷家をたずねると、お姉さんは驚いた顔をしていた。

「貴女は……どうしたの、何か忘れ物？」

「いえ、その、透くんから頼まれていたことがあって。それで……私じゃもう判断がつかなくて。相談に乗っていただけたらと、思いまして」

私の縋《すが》るような思いが通じたのか、あるいは弟からの頼みという言葉に反応したのか、お姉さんは少しだけ間を空けた後に頷いた。

「分かりました」

食卓の椅子に座った私は、真織と手帳や日記のこと、合併症の危険性について説明した。その上で、神谷がその手帳や日記から自分を消してほしいと頼んだことを伝えた。

話を聞き終えると、お姉さんはしばらく考え込んだようになっていた。

「手帳や日記のデータ化は、実物でもコピーでもいいから持ってきてくれたら私がします。透を消した箇所の辻褄《つじつま》合わせも出来ると思う。そういうの、得意だから」

お姉さんの言葉に、私はどう反応すればいいか分からなかった。

　だが、神谷の死を告げた時の真織の落胆と焦燥《しょうそう》が思い出されると、尋ねていた。

「お姉さんは、そうするのがいいと思いますか？」

　自分の中で結論は出ていなかった。真織の両親にも説明する必要があるだろう。ただ……それを実行すると、神谷のことは完全に真織の日常から消えることになる。

　残したままだと、真織は毎日のように苦しむかもしれない。

「良いか悪いかを問うものじゃないと、私は思うの」

　私の質問に、お姉さんはそう応じる。

「世界は言葉で出来ている。そして人は、その言葉に縋ろうとする。良いと思えば、どんなことでも良いことになる。悪いと思えば、どんなことでも悪いことになる。特に今回のことはそれが顕著だと思う。結果が不確定だから。日記から透を消さないことで、真織さんは苦しむかもしれない。そんな彼女を見て、透の言う通りにしておけばよかったと貴女も苦しむかもしれない。反対に日記から透を消すことで、今の真織さんは助かるかもしれない。だけど、貴女の良心は痛むかもしれない。でもそれも全て、今の時点では不確定よ」

　私はただ、じっとお姉さんの言葉に耳を傾けた。

「生きざるを得ない生を生きるのが、私たち人間のありのままの姿であるのなら、真織さんが苦しんで生きるのも、私たちの良心が苦しんで生きるのも、どちらも正しいあり方だと私は信じてる。ただ……綿矢さん、透はそれを貴女に託した。だから綿矢さん、貴女が決めて。自分がしたくないか、したいか、それだけを基準にして。私は貴女の判断に従います。もし自分で決められないのなら、私を理由にすればいい。それが透の遺志なら、私は叶えてあげたいと思う。だけど……」

お姉さんはそこで俯くと、言葉を萎《しぼ》ませた。

私はいつかのようにまた、自分の不甲斐なさに沈み込んでいきそうになった。

結局、その場では決心がつかずに神谷家を再度後にし、真織の家へと向かった。

真織は自分の部屋のベッドで、病に臥《ふ》せるように横になっていた。

そんな真織の明日のことを想像する。

朝がきて目覚め、記憶障害である自分の状態を受け入れる。彼氏の存在を知る。

でもその彼氏は死んでいて、楽しかった日々を示す日記だけがある。

毎朝そうやって、真織は二つの理不尽を突きつけられることになる。

自分の記憶障害と、付き合っていた人の死と。

合併症の危険性だってある。毎日を悲観することしか出来ずに暮らして……。

いや、やめよう。そうやって自分の行動の正当性を、真織の状態に押し付けるのはよそう。結局はお姉さんが言ったように、自分がしたいか、したくないか、それだけだ。

それに、常に私は嘯《うそぶ》いてきたじゃないか。

やりたいことしかやらないと、やれないことはやらないと。

真織に相談すると、きっとそれをとめるだろう。もう迷わない。だから私は、自分の独断でそれをやることにした。

そして取りかかるなら、出来るだけ早い方がいい。

手帳や日記の所在は知っていた。真織もベッドでずっと臥せっているわけにはいかない。真織がお手洗いに立った時に机の引き出しを開く。意を決して、手帳と日記を全て自分の鞄に納めた。真織が戻って来たら、コンビニに行くと言って外に出た。

数冊に及んでいる日記の他に手帳のコピーも取り、封筒を買ってそれぞれ収める。

真織の部屋に戻った頃には、外はもう暗くなり始めていた。

もし真織が手帳と日記がないことに気付いていたら、誤魔化すつもりだった。今の真織に読ませるのは良くないと思って私がこっそり預かることにした、とでも言って。

だけど真織は何も言わず、電気もつけずに先ほどと同じ体勢で横になっていた。

どうやら手帳や日記には手を伸ばそうとしなかったらしい。コピーに時間もかかったが、それを不審に思っている様子もなかった。

変な時間ではあるが、お菓子を買ってきたのでそれでお茶でもしようと持ちかけた。

通夜のこともある。まだまだ二人の一日は長い。

力なく真織は立ち上がり、キッチンでお茶を準備してくると言って部屋を出た。

その間に私は、手帳と日記を元の場所に戻した。

お通夜の会場には、教えられていた時刻通りに着くよう向かった。

お姉さんにはその時、何気ない動作でこっそりとコピーが入った封筒を渡した。

喪主である神谷の父親とは初めて言葉を交わしたが、聞いていたよりもずっとしっかりとした人だった。悲しみをこらえて、父親らしく毅然《きぜん》と振舞っていた。

真織を前にすると、何かに気付いたその父親が深く頭を下げる。二人が昔、花火大会で顔を合わせたことは知っていた。

「わざわざ、ありがとうございます。故人も……と、透もきっと、喜んでいます」

父親の足元に雫《しずく》が滴っていたことに気付いたのは、多分、私だけだ。

焼香の時に真織は、棺《ひつぎ》に入った神谷の顔を震えながらじっと見つめていた。


翌日の正午前、心配になって自宅へ様子を見に行くと、真織は顔を曇らせていた。

どうやら神谷の死が手帳や日記に綴られていて、それを読んでしまったらしい。

昨日、私は今度は明確な意図をもって、真織が前日のことを書くのをとめなかった。

悪いとは思ったが、本来の真織の状態を目に焼き付けたかったからだ。

恋人が死んでしまった事実を受け止めたら、真織がどうなるか。

生きながらにして死んでしまうんじゃないか。そう思えるほどに真織は憔悴《しょうすい》していた。

午後になると私は、一人でお姉さんに会いに行った。

神谷の父親は「俺に任せておけ」と言って、今は葬式などの準備をしているらしい。

お姉さんは昨夜から一睡もせず、手帳と日記のコピーをノートパソコンを使ってデータ化していた。単に神谷に関する記述を消すだけじゃなく、辻褄が合うように私と神谷を上手く入れ替えていた。

本当は、三年生では私と真織のクラスは分かれていた。それを二年生に引き続いて同じクラスになっていたことに変え、関連する人間関係の変更も違和感なくされていた。

お姉さんは書き換えに際したそういった変更点をいくつか説明した後、不自然な箇所がないか見てほしいと頼んできた。

私が頷くと、お姉さんは少し横になると言って透の部屋に行く。

あの人は泣かないんだな、強い人なんだなと思ったら、声を殺して泣くのが聞こえてきた。私の感情もまた、そこで悲哀の色に強く染まりたがった。涙が溢れてきた。

でも、今は泣いてる場合じゃない。やるべきことを思い出して涙を拭う。

真織の本来の日記と、データ化された日記を読み比べながら確認を進めた。

どの日記にも、どのページにも真織と神谷の記憶があった。

二人は楽しそうに笑っていた。日記から、その光景が伝わってくるようだった。

そうやって神谷は……いや、透は、真織を支えていたんだ。

そう思うとまた、涙が溢れてきた。

4

それから数日のうちに透の葬式は終わり、私の確認作業も完了していた。

真織には秘密にして真織の両親と神谷のお姉さんと私とで、これからのことを話し合う。真織の両親は透の存在を生前から知っていて、深く感謝し悔やんでいる様子だった。弟の最後の我儘ですからと、お姉さんが真織の新しいスマホを購入しようとしたが、真織の両親がどうしてもということで、折半で購入することになった。

手続きを終えた後は、私がそのスマホを預かる。

今の真織のスマホには、透がいる。動画で、写真で、メールで。私とのメッセージアプリ上でのやり取りで。

その痕跡を消すためには、新しいスマホと入れ替える必要があった。

新しいスマホに突然変わっていることについては、壊れてしまったのだと両親から真織に伝えてもらう算段になっていた。データ化した手帳や日記でもそのことをきちんと書いておく。メッセージアプリの引継ぎに……失敗してしまったとも。

そして透の葬式から、三日後の朝。

前もって真織の両親に相談し、朝早くに私は真織の部屋を訪れていた。

真織は衰弱し続けていたために、母親が促して今は両親の寝室で一緒に寝ている。

閑寂とした朝の空気を吸いながら、主のいない部屋で学習机の引き出しを開く。

数冊に及んでいる日記の他に手帳も手に取り、私の鞄へと大切に預かった。

真織のノートパソコンを学習机の上に置く。起動して、私の端末にあるお姉さんから受け取った手帳や日記のデータを、全てノートパソコンのデスクトップ上に移した。

透の死から昨日までの日記も、お姉さんが創作してくれている。データやフォルダが作成された日付も、フリーソフトを用いてタイムスタンプの調整がしてあった。

今日から真織はデータ上のその手帳や日記の内容を読み、自分のことや日常を認識して、新たな日々をそこに綴っていくことになる。

真織のスマホは別の机の上に、充電したまま置かれていた。新しいスマホを取り出し、真織のスマホを参照しながら、引継ぎを失敗させてメッセージアプリの登録をする。

透が登場する過去の私とのやり取りは、真織の側からは確認できなくなった。

これでもう、透との日常を真織が目にすることはなくなる。

『その時は、後のことは綿矢に任せるよ』

いつかの冗談めかした透とのやり取りが記憶の中に蘇《よみがえ》る。

思わずその場で頭上を仰いでしまった。透、本当にこれでよかったんだよね、と。

そういえば結局、あんたのこと名前で呼べなかったな……と。

新しいスマホを机に置き、真織のスマホは鞄に収める。私が保管する予定だ。

クロッキー帳は沢山あったが、透が描かれていたページだけを慎重に切り取り、用意していた大判のファイルへ収めた。クロッキー帳に残っていた切り端も取り除く。

見落としはないだろうかと、作っておいたチェックリストを確認する。

大事なことを忘れていた。壁に貼られた紙を替えなくては。そう思って視線を送る。

《私は事故で記憶障害になっています。机の上にある手帳を読みましょう》

《でも学校は卒業した。頑張ったね、私》

《一日入魂》

《家族への感謝を忘れないこと》

真織を見守り続けた、魂がないはずのかつては白紙だったものたち。

彼らに背いたことを自分がしているようで、長くは見ていられなかった。

《私は事故で記憶障害になっています。ノートPC内の手帳や日記を読みましょう》

一枚だけだと不自然に思われてしまう可能性もあり、真織の手書きのものから私がプリントアウトしたものへと貼り替えていく。張り紙の内容は一字一句覚えていた。

しかし、その作業の途中で不可解なものを見つけた。ある張り紙の裏に付箋が貼ってあったのだ。付箋に書かれた内容を目にして、動きを止めてしまう。

《障害が治っても、神谷透くんのことを覚えていてね。大切なものは、大切な場所にちゃんとあるから》

なぜ、こんなところに？　その意味を考えずにはいられなかった。

張り紙を剝がす時……つまり、記憶障害から立ち直った時に、この文章を自分が目にするようにと、そう思ってのことだろうか。

私とお姉さんがしていることは気付かれていないと思っていたが、真織は何かに勘付いていたのだろうか。それとも透への強い想いの表れなのか。

少し、泣きそうになってしまう。いずれにせよ、これも預からなくてはいけない。新しい紙の裏に貼り直したとしても、こんな形ではいつか真織が気付いてしまうだろう。

私は張り紙を付箋ごと鞄に預かると、印字された新しい紙を壁に貼った。

電気を消し、扉を閉める前に振り返る。

新しく貼られた無機質な用紙たちが、私をじっと見つめていた。

それ以降、真織の日課はノートパソコンを見ることになった。データ化された以前の手帳の記述や日記を読み、自分の日々をそこに新たに打ち込んでいった。

それが以前からの習慣だと真織のお母さんにも話してもらった。

入れ替えた翌日に会うと、真織は透の死を知らないのに辛そうにしていた。自分の体調がどうして悪いのか、分かっていない様子だった。

「メッセージアプリの引継ぎ、失敗しちゃったみたい。最悪だよ。泉ちゃんとの楽しい日々がそこに残ってたのにさ。もう見られないや」

そう言って落ち込む真織を、私は正面から抱きしめてしまった。

「大丈夫だよ。また、これから沢山楽しいことやろうよ。メッセージ上だけじゃなくて、現実でもそうだよ。私が、私が……真織の明日を、楽しくするから、ね？」

真織は突然のことに戸惑っていたようだが、やがて「うん」という返事とともに私の肩に顔を預けた。「ありがとう泉ちゃん」と、そう言った。

それから二日、三日と経つうちに真織は徐々に回復していった。

人間の自然治癒力を、嬉しくも悲しくも思う。

四月が訪れ、真織は新しい生活と習慣を送る。いつしかいつもの真織に戻っていた。

私は大学生になっても、出来るだけ週末は真織と会うようにした。

真織は平日は町の絵画教室に通ったり、公園へと散歩に出かけたりしていた。

いつも透と二人でいた真織が、駅前を一人で歩く姿をたまに見かけることがあった。

何かが決定的に足りないのに、それに真織は気付いていない。

その光景は、私をたまらない気持ちにさせた。

四月末のある日、天気がいいので公園を真織と二人で散歩する。

そこは透と真織が初めてデートをした場所であり、高校三年生になる前の春休みには三人でお花見をした場所でもあった。真織がそこに行きたいと希望したのだ。

桜が完全に散ってしまった公園を歩きながら、真織が言葉を探すように言う。

「なんだろう……何か、とっても大切なことを忘れている気がするんだけどさ。思い出せないや。ま、当たり前か。毎日、その日の記憶がなくなっちゃうんだもんね」

真織はそれから一年近い歳月を経て記憶障害から快復した。

そして予備校生となり、季節が秋となった今──透が描かれたクロッキー帳を手にして、カフェで私に尋ねていた。

「ねえ、これって誰なのかな？」と。

問われた私の中では、様々な考えが巡っていた。どうして真織の手に透の絵があるのだろう。全て回収したと思っていたのに、どこかに残っていたのか。

グラスに入った水を口にする。

いや、そもそも透のことを隠す必要はもうないんだ。真織は記憶障害から立ち直った。

危惧していた合併症の危険性もなくなった。透のことを教えても時間が解決してくれる。

少しの辛さや痛さを味わうだけで、きっと済む。

「え？　あ、あぁ。高校生の夏休みの時、真織が図書館に通ってたんだけどさ。その時に、何度か見かけた人だよ」

それなのに私はそう答えていた。何が真織にとっていいか、分からなかったからだ。

透のことは全て忘れてしまって。いつかまたそのクロッキー帳を不思議な思いで見返すことはあっても、その時には真織にもちゃんと好きな人がいて、そのクロッキー帳のことも忘れてしまうような……。

そんな幸せも、あるかもしれないと。辛い思いをする必要は、ないかもしれないと。

真織は私の言葉に納得せず、自分の中で疑問を解こうとしていた。

「ん～、でも、なんでこんなに沢山あるの？」

「その頃から真織が人物のデッサンにはまっててさ。私だけじゃなくて男性も描きたいからって、その人にも協力してもらってたんだよ」

「そんなこと日記に書いてなかったよ。それに、どうして隠してあったのかな。本棚の裏にあったんだ。今思うとあの場所って、昔の私が大切なものを隠す場所だったんだよ」

大切なものを、隠す場所？　そう言われて付箋に書かれていた言葉が脳裏を過る。

《障害が治っても、神谷透くんのことを覚えていてね。大切なものは、大切な場所にちゃんとあるから》

今、その全ての意味が自分の中で開いた。それは、観念的な意味ではなかったのだ。

大切なものは、大切な場所に。

つまりそれは、何があっても透のことを忘れないようにと。そう真織が思って。

「ウチのお父さん、すごく過保護でしょ？　小学生の頃、こっそり私の部屋に入って来て、交換日記とかを隠れて読んだりしてたの。それが嫌で、大切な物は本棚の裏に隠すようにしてたんだ。さすがに中学生になってからはそういうこともなくて、忘れてたんだけどさ。でも、このクロッキー帳はそこにあった。偶然じゃないと思う」

真織の表情は、純粋に疑問に思っているのとは違う、どこか不満を感じているような憮然としたものになっていた。

そんな顔を作った後に、真織が真剣な調子で尋ねてくる。

「泉ちゃん、ひょっとして何か隠してるんじゃない」

こういう日が訪れることを、けっして想定していなかったわけではない。

笑って誤魔化すことだって出来る。なんなら、嘘の物語を真織に教えてもいい。

そう、いくらでも誤魔化すことは出来た。今なら、まだ。だけど……。

気付くと視界が滲んでいた。その景色の中で、真織が驚いているのも分かる。

だめだ、私。泣くな。なんで泣いてる。どうして泣いてる。変な人間のくせに。何を考えているか分からない人間のくせに。冷たい人間の、くせに。

さぁ、笑って、嘘の物語を真織に教えるんだ。それで、これは終わるんだ。

「真織、その人はね……」

でも、嘘なんて、つけるはずがなかった。

「真織の、恋人だったの」

本当に好き合っていた二人だから。嘘なんて、つけるはずがなかった。

真織の困惑した声が聞こえてくる。私は必死になって続けようとした。

一方で、透の顔が浮かび続けた。

曖昧に笑っていた、困っていた、私に言葉を託した、最後の、真剣な顔が……。

「でも、でもね」

瞳から滴り続けるものを拭うことも出来ず、私は涙声で言った。

「その人は、もう……この世にはいないの。死んじゃったの」と。

知らない彼女の、知らない彼

1

泉ちゃんからクロッキー帳の青年のことを聞かされた時、私は混乱に襲われた。

その間にも、泉ちゃんは私とその青年の関係について教えてくれる。

偶然ともとれる奇妙な縁で擬似恋人になったこと。

その彼と私が毎日会っていたこと。日々の私が彼によって元気付けられていたこと。

絵を描く習慣は、彼によってもたらされたものであること。

その恋人が心臓の病である日、死んでしまったこと。

そして彼の遺言で、日記などから彼のことを全て消し去ったこと。

愕然とした。

泉ちゃんにもそのお姉さんにも怒りはない。衰弱していた私を慮ってのことだ。それにその人が最後に残した言葉なら、同じ状況になったら私だって同じことをしただろう。

ただ、そうやって全てを忘れてしまっていた自分に、愕然とした。

大切だった人のことを簡単に忘れてしまっている自分に、声を失った。

泉ちゃんは何度も謝っていたが、私はその全てに、気にする必要はないのだと応じた。

しかし、思考が一度に真っ白になってしまい、上手く物事を考えることが出来ない。

そんな私を見て泉ちゃんは心配したが、取ってくるものがあると言って席を外す。

私はそれに頷いた。目は自然と、クロッキー帳に向けられていた。

描かれている人が恋人だなんて、私は知らなかった。見ても全く思い至らなかった。

でも……ひょっとしたら体は、心は覚えていたのかもしれない。

心臓の鼓動が私に、必死になって呼びかけていたのかもしれない。

クロッキー帳を手に取り、ページをめくる。

色んな顔が、表情がある。だけど思い出せない。忘れちゃいけない大切なことなのに。

悔しさからか、悲しさからか、目頭が熱くなった。

目の前には、沢山の彼がいる。でも、思い出せないのだ。

放心してしまった私を残して、それからいくらかの時間が流れた。

気付くと泉ちゃんが戻って来ていた。

私は頰に力を入れて、笑顔を作ってみせる。泉ちゃんはそんな私を認めると、沈痛な面持ちをして数冊のノートと手帳、絵の入った大判のファイルを差し出した。

「これ……真織が書いてた本当の日記と手帳、それに神谷の絵。日記には全部、神谷との日々も綴ってある。ごめん。本当なら、真織が障害から立ち直った段階で、私から話すべきだったのに。今まで隠していて、真織の大切な思い出を取り上げていて、本当にごめん」

謝る必要はないんだと応じながら、泉ちゃんからそれらのものを受け取った。

その場で読もうかとも思ったが、泣いてしまいそうでやめた。

泉ちゃんは申し訳なさそうに俯いている。

私も上手く言葉が出てこなかった。だけど、そんな自分じゃだめだ。

「ねっ、泉ちゃん。食べよ。甘いもの沢山」

私がそう誘うと、ようやく泉ちゃんは顔を上げた。

「え……？」

「泉ちゃんが謝ることなんて、申し訳なく思うことなんて一つもないんだから。泉ちゃんへの感謝は、してもし足りないくらいなんだよ。ありがとね。私の大切な人の遺志を、尊重してくれて。そして迷惑を沢山かけちゃって、ごめんなさい。本当にありがとう」

長居している喫茶店へのお詫《わ》びも兼ねて、私は沢山のデザートを注文した。

季節のフルーツを使ったスムージーに定番のショートケーキ、生クリームが乗った栗《くり》のシフォンケーキと、泉ちゃんが好きなチョコレートケーキなどなど。

甘いものは、笑顔をくれる。

強張っていた泉ちゃんの表情も、冗談を言いながらデザートを食べていると微かに和らいでくる。私は彼女を笑わせようと、冗談を沢山言った。

「そういえば記憶障害の時は、新作ケーキは毎日新作だったんだよね」

そう言って微笑むと、無理をしていたのかもしれないけど、泉ちゃんは笑ってくれた。

「その冗談、真織よく言ってた」

「知ってる」

私たちは笑顔を交わした。いつもの私たちのように。

それから家に帰ると、意を決して私は日記を開いた。

神谷透くんとの出会い、そしてその死までが、当時の私の字で綴られていた。日記を読むと伝わってくる。神谷透くんという人間は、いつも私の傍にいてくれた。私を大切にして、楽しませようとしてくれていた。

細かな癖、趣味、衛生感を大切にしているところ。困ると曖昧に微笑むところ。

一度に全ては読めなかったが、私は文章を通じて、そういった彼の息遣いを感じた。

手帳には神谷透くん専用のページがあり、そこにも様々なことが書いてあった。

電気もつけずにそれらと向かい合っていると、いつの間にか夕方になっていた。

お母さんが夕飯を伝えに部屋の前まで来る。少し調子が悪いからまた後で食べると応じると、躊躇ったような間をあけて尋ねてきた。

「彼のこと……神谷透くんのこと、知ってしまったのね」

私が驚いていると、泉ちゃんから連絡を受けたのだとお母さんは話した。けっして泉ちゃんを責めないようにと、扉越しにお母さんは言う。泉ちゃんも神谷くんのお姉さんも、苦しんで、だけど私のためを思ってやってくれたのだと教えてくれた。

扉を開けて、お母さんと対面する。

「お母さんは……お母さんは、知ってるの。神谷透くんのこと」

私が尋ねるとお母さんは俯き、頭を左右に振った。

「顔を合わせて、本当なら、挨拶したかった。でも結局、それも出来なかった。だけどね、私とお父さんは……今でも、彼に深く感謝してるの。命日には、こっそりとね、お墓に行ったりもしてるの。あなたの未来を信じて、あなたの心を守ってくれたのは、間違いなく……彼、だから」

お母さんが、泣いていた。あの日みたいに、泣いていた。

それからお母さんは自分をどうにか取り戻すと、涙を拭って微笑んだ。お腹が空いたらいつでも言ってねと、そんな優しい言葉を残して一階に戻っていく。

私は扉を閉じたあと、ベッドに腰を下ろしてクッションを抱えた。

夕日が落下を続けている。何かを考えようとしても、思考がまとまらない。時間だけが秒針とともに過ぎていく。

人工の明かりがともらない部屋に、月明かりが差し込んできた。

私はその静寂の中で、何かを思い出したかった。思い出したいと、強く願った。

スマホが光っていることに気付いたのは、夜の八時を回った頃だ。

泉ちゃんからのメッセージだった。

私が以前使っていたスマホを、泉ちゃんが預かっているとのことだ。充電も終えたのでいつでも渡せるという内容が綴られている。

動画や写真の中の彼を見れば、私は少しでも神谷透くんを思い出せるだろうか。

その考えに手を伸ばそうとしたが、結局、私はそれをしなかった。

《ありがとう。ひょっとしたら、その動画や写真を見れば神谷くんを思い出せるのかもしれない。でもそれは、違う気がするの。そうしちゃうと、自分の中にいる彼がその動画や写真の彼に上書きされちゃう気がして……怖いんだ。そうなったらもう、動画や写真の彼しか思い出せなくなる気がする。自分勝手で迷惑なこと言ってるかも。ごめん》

《こっちこそ、ごめん。真織の気持ち、分かる気がするよ。でもよかったら透の声だけでも聞いてみたら？》

迷ったが、その提案を私は受け入れた。

しばらくすると、動画から音声を抽出した音声ファイルを泉ちゃんが送信してくれた。

再生すると、ガタガタと何かが揺れている音がする。私の歓声が聞こえてきた。風の音もする。それがいつの場面のものなのか、次第に理解した。

私が無理を言って、自転車に二人乗りした時のものだ。
私の上げる声が聞こえてくる。
こんなに無邪気に楽しそうに、私は笑っていたのか。そしてそれを忘れているのか。
『日野、あんまり乗り出すなよ。落ちるぞ』
その音声の中で、誰かの声がした。神谷くんだ。神谷、透くん。私の恋人だった人。
高校生にしては落ち着いた声の持ち主に、私は楽しそうな声で応じる。
『大丈夫だって、透くんは心配性だな』
『日野が大胆すぎなんだってば』
『え～なに～？ 風の音で聞こえな～い』
『なんでもないよ』
『透くん、今日もありがとうね』
『え？ なに？ なにか言った』
『ううん。なんでもな～い』
そこで音声は途切れる。私の体は過去に共鳴するかのように、芯から震え続けた。
風の動かない夜に、私は何度も何度もその音声ファイルを再生した。

2

翌日から私は予備校の合間に、色々な人から神谷透くんと私のことを聞いて回った。かつての本当のクラスメイトに連絡を取り、私が記憶障害であったこと、そして今はその障害から快復したことを伝える。皆一様に驚いていた。

神谷透くんと私のことについても、口を揃えたように同じことを言う。

「二人はいつも、本当に楽しそうに話してたよ。恋人同士って聞いて、最初はびっくりしたけど、見慣れてくるとお似合いの二人なのかもしれないって、そう思うようになってた。日野さんは彼氏くんとか透くんとか呼んでるのに、神谷くんはいつまでも苗字で呼んでたことが、ちょっと微笑ましかったな」

そうやって話を聞いているのを知ったのか、高校二年生の時に神谷透くんと同じクラスだったという男性とも、約束して会うことが出来た。

「日野と神谷が付き合い始めたのって、俺の嫌がらせが切っ掛けなんだ」

白いシャツが似合う、真面目そうな人だった。誰かに嫌がらせをするような人には見えなかったけど、思えば皆そうなのかもしれない。

私が驚いていると彼は言いにくそうに、でも誤魔化さずに二人の間にあったことを教えてくれた。神谷透くんがクラスメイトを庇《かば》おうとしたこと。それに目の前の彼がした、思いつきの嫌がらせ。

目の前の彼は、中学生の頃は勉強もスポーツもこなせて自分に自信があったらしい。それが高校に入って成績が伸び悩み、落ち込んで少しだけ腐ってしまったみたいだ。だけど透くんとの一件を通じて孤立したこともあり、それが自分を考える契機にもなって、また勉強に熱心になったそうだ。

三年生では泉ちゃんとも同じクラスになったと話した。

「俺がその……もともと嫌がらせしてた下川っていう奴がいるんだけど、海外に転校してったんだ。今も海外にいて、学生なのにベンチャー企業を立ち上げて頑張ってるよ。神谷が死んだことを聞かされた時、思い切ってそいつに連絡したんだけどさ。葬式に駆けつけて、人一倍大きな声で泣いてた。日野のことも、きっと下川は知ってると思う」

下川くんという友人は、教えてもらった本名をインターネットで検索すると、すぐに知ることが出来た。

育ちのよさが窺える知的な男性で、端正に引き締まった顔をしていた。

そして最後に、泉ちゃんがある人を私に紹介してくれた。

神谷透くんのお姉さんだ。

日記でしか知らない人と会うのは、緊張する。相手は私のことを覚えているのに、私は相手のことを忘れているのだ。

　でも、日記を通じて人となりは知ることが出来ていた。

　都心のターミナル駅に直結したホテルの喫茶店に向かい、予約の名前を告げる。ウェイターさんが奥まった席に案内してくれた。

　お姉さんは既に到着して、席に腰かけていた。私を見つけると、小説家でもあるお姉さんが立ち上がる。

「こんにちは」

　先に挨拶され、私は恐縮しながら慌てて頭を下げた。

「こ、こんにちは。すいません。今日は時間を作ってもらって。それに、本当なら私が赴くところを、わざわざ」

「大丈夫。こっちにちょうど用事もあったから、気にしないで」

　そう応えると、お姉さんは私を見つめた。

　美しい顔立ちをした大人の女性だ。静寂に寄り添った、洗練された優しさを感じる。

　そのお姉さんが、ふっと口元を和らげた。

「もう、記憶障害はよくなったのね」

「あ、はい。お陰さまで。それで、私……」

　俯きがちになってしまう私に、お姉さんは座るよう促した。

揃って席に着く。メニューを開き、ウェイターさんに二人で飲み物を注文した。

それが終わるとお姉さんは私を見つめながら、何かを考えているような間をあける。

「実は、以前も言ったことがあるのだけれど。貴女のお陰で、透はきっと幸せだった」

私は瞬きを忘れ、その言葉の意味を考える。幸せだった。

果たして……そうなのだろうか。彼はその生命が尽きる前日まで、私といてくれた。

だけど、それらの記憶を全て私は失っているのだ。

毎日、失い続けたのだ。彼との時間や過去は、私と共有されていない。

唯一残されているのは、日記と手帳だけだ。

「私、透くんのこと、覚えてないんです」

「ええ。それでも、透が幸せだったことに変わりはない」

お姉さんと目を合わせる。

瞳の彩《あや》に、寂しさに似たものが一瞬浮かんだように見えた。

「透の人生は、貴女との記憶で色づいていたんだと思う。その透はもう、いない。でもね、透が好きだったのは貴女なの。大事にしたかったのも、大切にしたかったのも。全部、貴女なの」

その言葉に胸がつまり、思わず唇を結ぶ。

視界の端でお姉さんが俯くのが分かった。

「ごめんなさい……突然こんなこと。とは言ってもね、透のことを覚えていてほしいなんて言うつもりはないの。むしろ反対のことなの。透のことは忘れて、新しい生活を始めてほしい。透が守りたかったのは、きっとそういう貴女の未来のことなの。可能性のことなの。ちゃんと透のことは過去にして、貴女らしい優しさを発揮して、別の誰かを幸せにしてほしい。それが貴女には出来る。自分の幸せに手を伸ばすことが出来る。そうやって生き続けてほしいの。それをきっと、透も望んでいる」

お姉さんが語ったのは、私の未来のことだった。

記憶障害を負っていた時もそうやって、私の未来を信じ続けてくれた人たちのことを想わずにはいられなくなった。

泉ちゃん、お母さん、お父さん。きっと、神谷透くんのお姉さん。そして……。

「本当に、それでいいんでしょうか？　忘れてしまって、いいんでしょうか？」

クロッキー帳に描かれた青年の顔が浮かぶと、想いを吐き出すようにして言っていた。

お姉さんが、その澄んだ瞳で私を見た。安心させようとしてか、頬を緩める。

「いいのよ。忘れたままで。そうやって人は、生きていくの」

「お姉さんは、どうなんですか？」

尋ねると、お姉さんは遠くを見つめるような目をする。

その時になって、頼んでいた飲み物が運ばれてきた。紅茶カップに注がれた琥珀色《こはくいろ》の液体を眺め、お姉さんが口をつける。

私も頼んでいたコーヒーで、それにならった。

「私の中でもいずれ、透は過去になってしまうと思う。私がまだ、小説を書き続けることが出来ていたとして、インタビューの時に透の死をポロリと口に出せてしまうくらいに。いつかは過去の一つになるのだと思う。どんな傷も、一度付いたからには完全に消えることはない。傷とは、記憶でもあるから。でも、痛みは続くわけじゃない。そうやって、生きていくんだと思う。懐かしい風にふと吹かれた時や、原稿で、透という文字を打ち込んだ時。思い出すことはあっても」

傷は……消えなくても、痛みは続くわけではない。

人はそうやって、自分の中で悲しみを解きほぐしていくのだろうか。

悲しくなくなっていくのだろうか。

そうかもしれない。囚われたままでは、歩けない。

だけど私はいつか、悲しくなくなることが、悲しかった。

「思い出というのは、大切なものですよね」

そういった思いを込めて言うと、お姉さんは窺うように私を見た。

「私はその大切なものを、失っています。私は……皆が徐々に彼のことを忘れていってしまうのなら、徐々に思い出してみたい。大切なものを取り戻してみたい。そう、思っています」

お姉さんは少しだけ、辛そうに眉を下げた。

「それは、苦しいかもしれないわよ」

「自分のためにも思い出したいんです。大切なものは全部、自分の中にあるはずだから」

「そこに囚われないと、自分の人生を疎《おろそ》かにしないと約束できる？」

「はい」

「いつかまた、貴女を……」

お姉さんは一度、そこまで言うと言葉を切った。

「少し、大胆な言葉を使うけど。いつかまた、貴女を愛してくれる人が現れたとき。ちゃんと、その人のことを愛してね。透のことは、過去にして」

愛の意味は、私にはまだ分からない。

しかしそう言われた時、彼との日記の日々を思い出さずにはいられなかった。

それはなんと呼べばいいのだろう。青春？　恋？　彼は見返りなど望んでいなかった。

ただ与え続けてくれた。毎日のように一切を求めず、彼は……。

「はい。ちゃんと、そうします。もっとも、そんな人が現れたらの話ですけど」

誤魔化すように笑って言うと、お姉さんは薄く微笑んだ。

その時、私たちはそうやって、その日初めて笑顔を交わした。

私はそれからお姉さんに、透くんのことを色々と尋ねた。どんな子供だったのか。どういう風に育ったのか。お姉さんはそれに一つ一つ、言葉を探しながら答えてくれた。

話の折に「お姉さんの本を読んで、ようやく覚え続けることが出来ます」と言ったら、目の前の美しい人は口元を和らげた。

今どんな作品を書いているんですかと尋ねたら、言葉に迷いながらも教えてくれた。

「シリアスではあるのだけど、救いのない話ではない。二人の男女の話よ。出会わなければ出会わないで、二人はそれぞれに上手く人生を楽しむことが出来ていたのかもしれない。でも出会ったことでより人生が楽しく、豊かになった。そんな話」

翌日からはお姉さんと約束した通り、まずは自分の生活をきちんと送った。

彼のことを思い出そうと試行錯誤しながら、それで勉強を疎かにはしなかった。

私の今は、彼に作られた未来によって出来ている。

秋が終わり、冬がくる。必死になって勉強して受験をなんとか終えた。

第二志望ではあったが、春には皆より二年遅れて県内の大学に入ることが出来た。

彼が、神谷透くんが聞いたらどんな顔をしてくれるだろう。喜んでくれるだろうか。

よく晴れた春の午後。合格祝いに、何度か行ったことがある桜並木が有名な公園で泉ちゃんとお花見をする。

早咲きの桜が揺れていた。風が吹くと、まだ少し肌寒いような季節だ。

泉ちゃん手作りのお弁当を堪能した後、公園内を散策する。泉ちゃんはポットに入れてきた紅茶を、紙コップに移して渡してくれた。

フルーティーな、典雅な香りが鼻腔をくすぐる。

「なんだか、懐かしい香りだ」

桜の花を見ながらどんな気負いもなく言うと、泉ちゃんは動きを止めた。

「真織……それ、いつかも言ってた」

「そうなの？　いつかって、いつ？」

躊躇うような泉ちゃんの素振りから、それが障害を負っていた時のことだと分かった。

彼女が詳細を話す。高校二年生の頃の、三人で水族館に行こうとした時のことだ。

「アイツがお姉さんと突然会うことになって、私たち二人で水族館に行くことになった日があったの。籐のバスケットに入った、アイツが作ったお弁当を持ってね。具が沢山の綺麗なちらし寿司で、それにも合うからって、アイツが淹れてくれてた紅茶を飲んだの。その時、真織は言ったんだよ。なんだか懐かしい香りだって。実はその前にアイツの家で、紅茶をご馳走になったことがあってさ」

泉ちゃんはそれから、少しだけ専門的な話をした。

人間の嗅覚は、記憶と感情を処理する「海馬」という部位に繋がっているらしい。

そのため、香りによって記憶が呼び起こされることがあるという。

私は話を聞き終えると目を伏せた。琥珀色の液体は音もなく佇んでいる。

そこに今、一片の桜の花が舞い落ちようとして、それた。

そうやって私は、あと少し、もう少しのところで彼の記憶に触れることが出来ずに、終わるのだろうか。

これまでにも何か思い出せそうな瞬間があったのに、するりとそれはこぼれていった。

そんなことを思いながら、「そっか」と泉ちゃんに言葉を返す。紅茶を啜った。


『明日の日野も、僕が楽しませてあげるよ』


どんな理解も認識もないままに、誰かの言葉が、記憶の池から立ち上がった。

突然のことで驚く。あまりにはっきりと、その声は聞こえた。

以前に聞いた音声を使い、私の頭が勝手に、日記の文章を読ませているんだろうか。

『幸福なんて、願わない。それでいいと思ってたんだ』

いや、違う。こんな言葉は日記には書いてない。

誰かの淡い笑顔が浮かんでくる。白くぼやけて見えない。だけど……。

『日野と出会うまで、それだけが自分の人生だって、そう信じてた』

その人には見覚えがあった。白くて、細くて、優しい人。

『日野の名前を呼ぶ度に、なんだか楽しい気持ちになるんだ』

私の、大切な人。私をいつも笑顔にしてくれた人。

『日野のことを、好きになってもいいかな』

記憶の声がやみ、我を忘れていた私の目頭はなぜか熱く、視界がぼやけていた。

さらさらと風が流れ、まだ咲き始めたばかりの桜を崩していく。

「声かけて、大丈夫？」

その声に振り向くと、泉ちゃんが心配そうに私を見ていた。

私は唇を強く結んだ。そうしないと瞳に張られたものが溢れてしまいそうだった。

「うん、ありがとう。今……今ね。私、何かを思い出しかけたんだ」

「そう」

「誰かの声が、聞こえてね。その人が、笑っていて。明日の私も、その人が、楽しませてあげるって。そう、言っていた気がした」

それが誰かということは、確認しなくてもすぐに泉ちゃんには分かったみたいだ。

彼女は苦しげに視線を下げ、私は反対に笑ってみせる。だけど声は震えていた。

「私は、何も覚えてない。でもね、生きるよ。それでいつか、全部、思い出してみせる」

「うん」

「大切なものは、全部、自分の中にあるから。その大切なものを、全部、全部、思い出してみせる。必ず。私は、私は……」

知らず、私は片手で顔を覆っていた。

どんな悲しみも、いつか人は忘れる。傷は、いつまでも痛むわけではない。

そういったお姉さんの言葉を思い出しながらも、痛み続ける限りは泣こうと、そう思った。それでいいんだ、泣き虫でもいいんだ。

全て自分のものだ。悲しみも、痛みも、喜びも、思い出も、全部、全部。

そう思ってまた、私は泣いた。

心は君を描くから

駅前から公園へと続く道には、所々に桜が咲いていた。

朝から差し込んでいた強い日差しも、午後になると薄れる。

麗《うら》らかな陽光が人と緑を淡く照らす、桜の季節がまたやってきたのだ。

久しぶりに時間に急かされることなく、町並みを眺めながら私はのんびりと歩いた。

いつか、私が高校生の時だ。

受験に追われて三年生の一年間が瞬く間に終わり、こんなに早く時間が過ぎていくことなんて、人生でもうないだろうと思っていた。

でも社会人になってからの一年の方が、あの時よりも早く過ぎていった。

そんな日々を送っていると、高校生の頃を随分と遠くに感じてしまう。

そしてたまに思ってしまう。これは夢なんじゃないかと。全て、夢だったんじゃないかと。本当の自分は高校生のままで、勉強に疲れて眠っている。目を覚ませば隣で真織や透が微笑んでいて、二人が幸せそうにしている姿に、私は底知れぬ安心を覚える。

残念ながら、実際はそうじゃない。私は二十四歳になっていた。

『私は、何も覚えてない。でもね、生きるよ。それでいつか、全部、思い出してみせる』

真織が私に決意を告げたあの日から、今年で三年が経過していた。

大学四年生になった真織は今も、透を思い出そうとしていた。

日記や私の言葉を頼りに透と行った場所へ赴き、透としたことをして、必死になって思い出そうと試みていた。

だけど、あの紅茶のようにはいかなかった。

簡単にも単純にも物事は進まない。でも真織は諦めることなく、自分と向き合ってい た。大学に通いながらも、忘れてしまった自分の過去と向き合い続けていた。

少しずつだけど、透のことを思い出していった。

私は仕事が忙しくなり、社会人になってからは真織と会える日が少なくなった。

それでも、少なくとも三ヶ月に一度は必ず会っていた。

実際に今日というよく晴れた日曜の午後も、私は真織と会う約束をしていた。

集合場所は何度か足を運んだことのある、桜並木が名所となっている公園だ。

午後には既に多くの人で賑わっていた。

真織の大学入学が決まった時には二人で、高校三年生になる前の春休みには透と真織の三人で来たこともあった。

「あっ、泉ちゃん！　こっちこっち」

真織を探して公園の中を進んでいると、私を呼ぶ元気な声が聞こえてきた。

真織がいた。桜の見える随分といい場所で、大きなレジャーシートを広げてその上に座っている。

一度やってみたかったからと、真織は自分でお花見の場所取りを申し出ていた。桜をスケッチしていれば時間なんてあっという間だからとも言っていた。

透を思い出そうとする一方で、真織は自分の人生を楽しんできちんと送っていた。その真織の近くには、大学の友人だと思われる人が集まっている。

「相変わらず元気だね、真織は」

「元気じゃない私なんて、ちょっと気持ち悪いでしょ」

そんな冗談を前に、透の死を告げた時の真織を思い出す。

もうそれも、いつの間にか過去になってしまった。

真織による私の簡単な紹介が終わったら、広げられた沢山のお弁当に皆で手を伸ばす。持ち寄ったお弁当の中には、真織のお手製だというちらし寿司もあった。

料理はからっきしだった真織が、随分と上手くなったものだ。透を思い出そうとしていつか私と一緒に作った頃とは違う。積み重ねて、ちゃんと上手くなっていた。

真織の友達は、年も離れて社会人である私に遠慮したり緊張したりしていたみたいだけど、こちらから微笑みかけて話すと、すぐに打ち解けてくれた。

少しずつ私も変わっていく。毎日色んなものが、見えない中でも動き続けている。

それがきっと、生きるということなんだろう。

ふと目を向ければ、真織も近くの友達と楽しそうに話していた。

透が作り出したかったもの。それは、今のような真織の日常だったんだろう。当たり前のことを当たり前のままに、楽しみ、時に苦しみ、それも全て平穏な日常の中に、夜眠れば明日がやってくる。

透が信じていたもの。それは、今のような真織の未来だったんだろう。

そんなことあったねと、何十年もしたら過去のこととして辛い時期を笑い合えるような、動き続けていくもの。

それから少し二人で話そうかと、桜鑑賞をかねて桜並木を真織と歩くことにした。

桜が描きたいからと、真織はクロッキー帳を手にしていた。

いつものようになんでもない冗談を言い合っている最中、私は気になって尋ねた。

「そういえば、どう？　あれから……」

足を止めた真織は、何が、とは問わなかった。

しばらくすると、うん、とだけ言ってクロッキー帳を差し出してきた。

不思議に思いながら受け取る。通行の邪魔になってはいけないからと、木の下に場所を移した。クロッキー帳を開くと、景色や人物、動物といった色んな絵が現れる。

真織が日々、描き続けているものだろう。

「相変わらず上手いね。でも、これがどうかしたの」

「あ、ううん。見てもらいたいのはちょっと恥ずかしいけど、もう少し先なんだ」

私たちの間で、今さら恥ずかしいことなんてないだろうに。

頬を緩め、頭上を仰いだ。さらさらと音もなく花弁が舞い落ちる。

「それにしても桜、綺麗だね」

私が言うと、つられるようにして真織も桜を仰いだ。

「本当に雪みたいにも見えるよね。空に知られぬ雪、だっけ。日記で読んだけど、彼ともここでお花見をしたことがあるんだよね。その時に彼が桜の呼び方を教えてくれて」

思わず真織に目を向けてしまう。

『桜のこと、空に知られぬ雪って呼んだ歌人がいたらしいな』

空に知られぬ雪。桜が散っている景色は、お天道様《てんとさま》からすれば自分が降らせていない雪にも見える。透はお姉さんの影響なのか、妙に上品で雅なところがあった。

しかし、真織はよく日記を読み込んでいるものだ。私は言われるまで思い出すことが出来なかった。悲しいことに月日は私からも透の記憶を奪う。

そっと目をつむり、瞼の裏に透を思い描く。暗闇の中に透が現れるが、その顔は少しばかり薄れていた。たった六年のことなのに、透は悲しいくらいに過去になっていた。

「他にもね、ハッキリとした内容は日記には書いてなかったんだけど、五月病を違う意味で教えてくれたみたいで……それが面白かったって」

そこで真織は言葉をとめた。目を開けた私は、そんな彼女に視線を向ける。

真織は今も頑なに、透のデータが入ったスマホを受け取ろうとしない。大切なものは自分の中にあるからと、自分で思い出そうとしている。

その懸命さに時々、私は悲しくなってしまう。

たとえ思い出したとしても、透は帰ってこない。どうやっても。

私は口元を引き絞ると、クロッキー帳のページをまためくり始める。

その間、真織は何かを考え続けていた。

「あ、そうだ……。桜が散る頃は慌しいけど、五月になると落ち着けて、それで」

真織の言葉とともに、ある一枚の絵を前に手の動きをとめてしまった。

風が吹く。桜の花びらを舞い上げて、花嵐が吹く。

初めて映画に感動した日のような、絵画に心打たれて足をとめた時のような。

そんな、行くばかりで戻らない新鮮な気持ちが、私に向かって吹いた。

クロッキー帳の中には、透がいた。

見たことのない透の絵だった。昔のクロッキー帳に残っていたものは、横を向いたり、照れたり、曖昧に笑っているものばかりだったのに、目の前のそれは違った。

つまりこれは、真織が思い出した透の姿ということになる。

気を落ち着けて再びページをめくる。そこにも同じ表情の透がいた。

私は自分を忘れ、クロッキー帳をめくり続ける。沢山の、透がいた。

その絵を通じて、確かにその人間がいたことを伝えるような、精巧なよく出来たスケッチだ。懐かしい声すら聞こえてきそうで……。

視線を真織に戻すと、じっと一点を見つめていた。その先には桜並木がある。

声をかけようとして寸前のところで留める。今の真織はいつかの真織に似ていた。何かを思い出そうとしているように見えたのだ。

「泉ちゃん、ごめん、ちょっとクロッキー帳返してもらっていい？」

「え？　う、うん」

渡すと、真織は鉛筆を取り出してその場でクロッキー帳に何かを描き始めた。

桜の木、満開の、下。

速い。真織が絵を描いている姿は実は初めて見る。こんなに速く輪郭を捉えていくのか。

そうか……そうだよね。だって真織は毎日、それを繰り返していたんだもんね。

透といた時も、透がいなくなってからも、毎日。

あっという間に、下絵とでもいうべきものが完成する。

桜の下に誰かがいた。徐々に描き込まれ、その姿が鮮明になっていく。

あの日、三人でお花見をした時の透がそこにいた。

慈しみを瞳に灯すように、透はあの日と全く同じ優しい目をして、こちらを見ていた。

それはどんな映像や写真にも残っていない、隣にいた人にしか描けない透の絵だった。

ゆっくりと視界が滲む。参ったなと思いながらハンカチを取り出して、目元を拭った。

衛生感。装えないもの。

知ってる、透？　私ね、貴方と出会ったある時から、ちゃんと自分でハンカチにアイロンを掛けるようになったんだよ。

不意に、透と過ごした日々が早回しの映像のように頭の中を過ぎ去っていった。

それも全て、いつか失われていくものだ。損なわれ、なくなっていくものだ。

だけど……あらゆるものが、移ろっていくのだとしても。生き続けることで過去が、美しいものの塊が霞んでいくのだとしても。変わらないものは確かにある。

心が描く世界は、いつまでも色褪《いろあ》せることはない。

「また透くんのこと思い出せたよ。でもきっと、まだ全部を思い出したわけじゃない」

鉛筆を動かしながら真織が言う。深い息が、その口から漏れた。

「私が好きだった彼は、もう……いない。だけどその記憶は、ちゃんと私の中にある。体に、心に眠ってる。思い出すことで、一緒に生き続けることが出来る。それは上手く言えないけど、希望みたいなものに違いないと思うんだ。世界は徐々に彼を、透くんを忘れていってしまう。それでも」

見ると真織の瞳から涙が滴っていた。それを拭うと、また真織は描き始める。

「なんで泣いてるんだろうね。まだ痛むのかな。でもね、温かくもあるの。私は多分、今でも彼が好きなんだ。だけど大丈夫。いつかまた、ちゃんと愛する人を作るから。ちゃんと、自分の幸せに手を伸ばすから。でも、それまでは、もう少しだけ……」

私は何かを言いたかったが、言葉は今は必要ないのかもしれない。

この失われていくばかりの世界で、透はちゃんとそこにいた。

真織の中で、透は生き続けていた。

そして真織の記憶の中でアイツは、あんな顔をしていたんだ。


真織が描いた透は、どれも笑っていた。

優しい顔で真織を見守り続けたあの日のままに、今もそこで笑っていた。

あとがき

生の中に死が含まれているように、人はあらゆるものを得る傍らで失ってもいきます。失って初めて、そのものが持つ本当の価値に気付いたりします。

健康もそうです。風邪などを引いて損なってから、その大切さに気付く。

人との関係もそうです。失くしてようやく、得難い関係だったと知る。

取り返しがつくものもあれば、つかないものもある。

人生は一度きりなのに、失くして気付いた頃にはもう遅い。

私はある時期から、今当たり前に持っているものについて、いつか失くすものだと考えるようにしました。

それはけっして、悲観的になっているわけではありません。失くすかもしれないと想像することで、それをより一層大切にしたいという気持ちになるからです。

今一緒に仕事をしている人も、いつか接点がなくなり顔を合わせることすらなくなるかもしれない。なら今の時間や関係性を大切にして、親切にしたい。

今遊んでくれている友人も、いつか距離や時間を置いて疎遠になることがあるかもしれない。なら今を精一杯楽しんで、感謝して笑い合っていたい。

家族や大切な人ですら永遠はない。なら……。

本作には、当たり前にあった大切なものを失った人物たちが登場します。

悲しい物語ではありますが、悲劇ではありません。

出版にあたっては、多くの方のお世話になりました。適切なサポートを頂き、感謝してもし足りません。

特に担当様からは沢山のことを学ばせて頂きました。今後もよろしくお願いします。

読者の皆様へも、心からの感謝を申し上げます。

お一人お一人に直接お礼を言うことがかないませんので、代わりにここで頭を下げさせて頂きます。

本作を手に取って下さり、本当にありがとうございました。

またいつか、どこかでお会いしましょう。

一条《いちじょう》　岬《みさき》

<初出>

本書は第26回電撃小説大賞で《メディアワークス文庫賞》を受賞した

『心は君を描くから』に加筆・修正したものです。

メディアワークス文庫

今夜《こんや》、世界《せかい》からこの恋《こい》が消《き》えても

一条《いちじょう》 岬《みさき》

2020年２月25日　初版発行
2024年９月25日　32版発行

発行者　山下直久
発行　株式会社KADOKAWA
〒102-8177　東京都千代田区富士見2-13-3
0570-002-301（ナビダイヤル）
装丁者　渡辺宏一（有限会社ニイナナニイゴオ）
印刷　株式会社KADOKAWA
製本　株式会社KADOKAWA

●お問い合わせ
https://www.kadokawa.co.jp/（「お問い合わせ」へお進みください）
※内容によっては、お答えできない場合があります。
※サポートは日本国内のみとさせていただきます。
※Japanese text only

※定価はカバーに表示してあります。

Printed in Japan
ISBN978-4-04-913019-5 C0193

メディアワークス文庫　https://mwbunko.com/

本書に対するご意見、ご感想をお寄せください。

あて先
〒102-8177　東京都千代田区富士見2-13-3
メディアワークス文庫編集部
「一条 岬先生」係

夏の終わりに君が死ねば完璧だったから

斜線堂有紀

最愛の人の死には三億円の価値がある――。
壮絶で切ない最後の夏が始まる。

片田舎に暮らす少年・江都日向（えとひなた）は劣悪な家庭環境のせいで将来に希望を抱けずにいた。

そんな彼の前に現れたのは身体が金塊に変わる致死の病「金塊病」を患う女子大生・都村弥子（つむらやこ）だった。彼女は死後三億で売れる『自分』の相続を突如彼に持ち掛ける。

相続の条件として提示されたチェッカーという古い盤上ゲームを通じ、二人の距離は徐々に縮まっていく。しかし、彼女の死に紐づく大金が二人の運命を狂わせる――。

壁に描かれた52Hzの鯨、チェッカーに込めた祈り、互いに抱えていた秘密が解かれるそのとき、二人が選ぶ『正解』とは？